林中賊
陳偉民◎文
Hui◎圖
結合科技偵查的跨域推理小說
入圍金鼎獎科普作家邀你一起來辦案！

【推薦序】李承龍（卡達警官學院特聘鑑識專家、臺灣警察專科學校刑事警察科副教授）

結合傳統與科技鑑識的森林辦案小說

我曾經在新竹市警察局擔任將近二十年的刑警，負責第一線犯罪現場調查工作，處理過數百件重大刑事案件，包括強盜、殺人、擄人勒贖、槍擊、買賣毒品等，各種犯罪現場採證與鑑定任務。

本書中的時空背景，恰好設定為在新竹尖石鄉發生的紅檜樹瘤盜採案，而我的博士論文，也正是有關「非人類DNA」的鑑識植物學，是針對盜伐案件的鑑定專業。因此，在閱讀這本書時，近二十多年來的現場勘察經驗，就像跑馬燈一般在眼前播放，除了書中提到的傳統鑑識技術之外，還有如何運用新科技偵查辦案與木材DNA鑑定技術，方可阻止「山老鼠」的非法盜伐樹木事件。

身為鑑識人員，必須膽大心細，尤其是面對犯罪現場時，任何看起來可疑的蛛絲馬跡都不能錯過——書中主角有著非常敏銳的觀察力，任何細節都逃不過他的銳利雙眼，也正因擁有敏銳的觀察力，這支辦案小隊才能迅速發現真相，將嫌犯逮捕歸案。

書中提到在盜伐現場發現的鞋印，不免讓我回憶起，當年在犯罪現場也曾採集到嫌犯遺留的鞋印，但遲遲未能破案，只能將鞋印貼在牆上，每天配著便當看，該鞋印的特徵，就深深烙印在我的腦海中。有一次，同仁將涉及他案的嫌犯帶回警局偵訊，囂張的嫌疑人翹起二郎腿應訊，我剛好從旁經過，看到他的鞋底，腦海中隨即浮現盜伐現場的鞋印特徵。經過鞋印比對，我們終於一舉破獲久遠的積案！

鑑識科學所涵蓋的專業領域愈來愈廣，不僅有當年使用到的化學、醫學、環境和心理，更有物理、生物、工程、資訊、法律等。而最近的新興科技，包含擴增實境（AR）、虛擬實境（VR）、3D技術、大數據、5G、物聯網、區塊鏈等，在科技偵查的運用也愈來愈普遍。實務上，鑑識科學還細分法醫、現場勘察、現場重建、槍彈比對、藥毒物分析、指紋鑑定、文書鑑定、DNA鑑定、測謊等不同專業，是一門「跨領域」的整合型學科。

除了敏銳的觀察力之外，還必須有一定的知識背景來輔助採證，書中的鑑識人員就運用了傳統的AB兩劑製模技術，蒐集工具痕跡的證據——若沒有相關的鑑識化學知識，就得使用更傳統的平面拍照方式來蒐證，然而傳統2D的照片比3D的立體模型，少了一維的資訊，也會遺失更多寶貴跡證，這也是當前推動3D掃描技術的原因。

不只如此，書中主角更運用許多科技偵查的手法辦案，並且一一解釋各個偵查技術背後的理論基礎，幫助讀者了解科技的運用，同時也補強讀者各領域的知識背景——面對科技偵查，除了物理、化學、生物、資訊工程基礎

之外，也必須有人文社會的文化和歷史涵養，才能有效率的破獲案件。

偵破案件，最重要的關鍵就是蒐集到有力的證據，否則費了九牛二虎之力抓到嫌犯之後，若是沒有足夠的證據移送給檢察官，可能會獲得「不起訴」的結果；縱使起訴了，也可能因為證據不足而無法定罪。

書中主角除了積極查緝凶手之外，也小心保留所有犯罪證據，像是書中提到「吳健尉會挑選嫩葉，是因為與老葉相比，單位質量的嫩葉有較多細胞、較少多醣與多酚——這些化合物會干擾DNA指紋分析，因此愈少愈好」，此處就能見到書中主角不僅心思細膩，也使用了各領域理論基礎來蒐集證據，目的就是希望找到能證明犯罪事實的證據，將犯人繩之以法。本書值得讓對科技辦案感興趣的讀者慢慢品嘗，特此推薦。

向生於戰亂的臺灣人致敬

【作者序】陳偉民

我在短短數年間，接連失去父母親。雖然我成年已久，但是失去至親的痛仍然久久難以平息。畢竟是父母親把我們帶到這個陌生的世界，從小一切仰賴他們，由他們作主；如今忽然失去依靠，才懂得什麼叫作「無父何怙？無母何恃？」。不過，我也漸漸邁入老年，驚覺困擾父母多年的慢性病，竟也纏上自己。原來父母一直都在，在我們的基因裡。

家父和家母在日治時代晚期出生於臺灣的貧困家庭，他們不像某些富裕的臺灣人那樣把自己視為日本人，但是原本期望戰爭結束能帶來美好的生活，卻大失所望。雖然先後學習了兩種「國語」，但是始終難以認同任何一

個國家。

家父出生於新店溼水（現在稱為秀水）山上，小學時因戰爭停課，整天在山上看美國與日本的飛機空戰。他曾經因為不願向日本警察行禮，而遭追逐，躲入山中。戰後在大浪泵（大同區）當學徒時，又親眼目睹二二八事件爆發，因此對「官府」沒有好感。

家母出生於艋舺地區，本名非常不雅，識字後曾自行改名，最後身分證上的名字是我取的。她的親生母親被日本人判定為痲瘋病而關進樂生療養院，她的親生父親再娶，把她送給別人當養女。幸好養父母對她很好，比對待親生子女更好，我們一直和這個領養她的家庭極為親密。

我小時候常隨母親輾轉換車到迴龍探望那位塌鼻子、沒有手指頭的外婆，我曾抱怨那段路好遠，母親幽幽的說：「我以前都是由艋舺走到這裡的。」

因戰爭而失學，是家父與家母一生的痛。晚年退休後，他們積極參加老人大學、社區大學的各種研習班，努力學習英文、電腦，堪稱終生學習的楷模。

本書所述日治時代細節，許多是我從小由家父和家母口中聽來的，不過既然是小說，當然經過改寫，閱讀者請勿對號入座。

我的父母這一代人，出生於戰亂與貧窮中，終生辛勤工作，只為了餵飽一家人，從來不敢有什麼偉大夢想，幸好他們都有個安逸晚年。我小時候就想把他們經歷過的時代寫下來，只是沒有想到，如今他們兩位都不在了，我才真正動筆。

這幾年我比較關心環境問題，是因為深感人類在地球上已經沒有天敵，能毀滅人類的，只有人類自己。本書第二章描述的大溪口，我小時候清晨到那邊散步，猶可看到漁船在那兒捕魚。漁夫偶爾會邀岸上民眾開價買斷下一

網漁獲，價錢議定，漁夫才抛網，撈起後不論漁獲多寡，一律依議定價金賣給出資者。當時隨手抛網就可撈出活蹦亂跳的魚群，令年幼的我印象深刻。誰知幾年之間，淡水河就變得死氣沉沉，臭不可聞。

書中另一主軸描繪臺灣山林遭到破壞、濫墾濫伐的經過。臺灣本有「無盡藏」的森林資源，但是日本人砍伐，臺灣人砍伐，現在還要勾結逃逸外籍移工砍伐。難道我們要留給後代子孫一個光禿禿、寸草不生的臺灣嗎？值得大家深思。

目錄

場物

保七總隊刑警大隊成員

吳健尉

保七總隊刑警大隊菜鳥小隊員，某大學森林系畢業後，攻讀警察大學鑑識科學研究所，經特種考試取得警察資格，剛被分發到保七總隊刑警大隊，主要負責鑑識工作。

江景智

保七總隊刑警大隊派駐在第五大隊的小隊長，主要負責協助稽查及取締新竹、臺中轄區內盜採林木案件。

卓峻瑋

保七總隊刑警大隊小隊員，主要負責在盜伐現場拍照，並且測量神木各項尺寸，包括鄰近各樹的距離及相對位置也要記錄下來。

林世佑

保七總隊刑警大隊小隊員，主要負責為受害樹木進行衛星定位，並且記錄經緯度。

登人

周邊人物

王罔市（吳王婉淑）

吳健尉的阿嬤，出生在日治時期，在吳健尉偵查神木盜伐案時過世，留下一疊神祕的手寫紙張。

辛苦的森林護管員

森林護管員的工作包括查緝盜伐、搶救森林火災、育苗造林等，文中提到的新竹林管處下轄北至新北烏來、南至臺中大安溪的廣大林地，東勢林管處下轄臺中大安溪、八仙山與大甲溪的蔥鬱祕境喔！

索豹・帕炎

泰雅族巡山員，是森林護管員，協助保七總隊成員偵查八仙山香杉芝盜採案。

第一章　哭泣的森林

小隊長江景智下令負責開車的警官吳健尉把車停在陡峭山路邊，然後揮手要大家下車。

吳健尉用力拉好手剎車，下車後，還不忘撿一塊石頭抵住後輪。在坡度這麼陡的斜坡上停車，光靠手剎車是不夠的，不多加一顆抵住後輪的石頭，車子有可能向後滑落。

坐在後座的警官也依序下了車，分別是林世佑和卓峻瑋。

江景智是保安警察第七總隊刑警大隊派駐在第五大隊的小隊長。他本來是在森林暨自然保育警察隊服務，後來森警隊被納入保七總隊，他就成為保七總隊刑警大隊的一員，主要任務仍然是保護環境資源及自然生態。

保七總隊以下共有第一至第九大隊，外加刑警大隊。第五大隊負責協助稽查及取締雪霸國家公園與新竹、東勢林管處轄區內，違反《森林法》等相關法令案件之工作。換句話說，江景智負責調查新竹和臺中山區盜採林木的案件。

江景智今年五十歲，留著平頭，方頭大耳，一看就是個公正嚴謹的公務員。他兩側頭髮已經有些灰白，不過因為長期擔任森林警察，在深山裡活動，體力仍然很好，行動也很敏捷。擔任森林警察，升遷機會比較少，所以到了這把年紀，他仍只擔任小隊長，算是基層警官。雖然少了升官機會，卻賺到健康，能每天與森林為伍，他甘之如飴。

江景智手下有十二名部屬，今天他率領其中三名和他一起調查一宗盜採樹瘤的案件。

一般人都知道，山林裡有盜伐行為，而那些盜伐林木的宵小，俗稱為「山老鼠」。但是一般人心目中的盜伐案件，都以為是把整棵樹砍下來運走——當然確實有這種為了木材而盜伐的案件，不過盜伐案件有很多種形式，像今天他們要偵辦偷挖樹瘤案件。

這裡是新竹縣尖石鄉山區，平時人煙罕至，但是山老鼠覬覦紅檜的樹瘤，經常潛入這裡偷挖樹瘤，令人防不勝防，只能加緊巡邏。

第五大隊的各小隊本來就各有轄區，也會定時定點巡邏。但是山老鼠非常狡猾，他們會偷偷撬開巡邏箱，查看警察簽到時間，以得知警察一天巡視幾趟，甚至連每一趟巡邏時間和路線都窺探得一清二楚，在沒有警察巡視的時間才出手，所以盜伐事件層出不窮。

樹瘤就像人體生長的瘤一樣，是細胞不正常增生造成。只不過人體生長的瘤是肉瘤，而樹木的瘤則是木質。樹木受了外傷或受細菌、病毒等感染，擾亂了本身荷爾蒙，就會造成木質部的分裂異常。樹瘤通常出現在樹幹，少數出現在根部，而且通常為隆起的圓形物，有時是一束未發育的樹芽糾結成一團，呈現不規則形狀。

樹瘤本身並不罕見，大家在公園裡只要認真找，就可以在多年老樹樹幹上發現樹瘤。可是如果樹種稀少，樹瘤形狀又漂亮的話，就會變成炙手可熱的商品。

人的身體長瘤，不會被認為是美觀，但是很奇怪，樹瘤卻被認為有一種古怪拙樸的美感。許多家具製造商、雕刻藝術家和園藝造景公司都熱愛樹瘤，因此少數珍貴樹種的樹瘤，其價格被瘋狂炒作，有些甚至可以賣到百萬元。

利之所趨，部分喪心病狂的歹徒會進入深山，盜挖中意的樹瘤。如果樹瘤長在比較低的位置，他們會在樹幹上挖個洞，把樹瘤取走；如果樹瘤長在比較高的位置，他們會乾脆把整棵樹砍倒，挖走樹瘤，背到山下變賣。

昨天第五大隊員警在尖石鄉玉峰村附近林地巡邏時，發現一棵千年神木的樹瘤被挖走，立即呈報上級。

第五大隊轄區發生盜採事件，調查責任自然落在江景智身上。所以今天早上他就率領手下，開著一輛警車，從苗栗大湖的大隊部出發，行駛高速公路，從竹林交流道轉進一般道路，經過芎林鄉、橫山鄉，一路開到尖石鄉。

江景智特別命令菜鳥警官吳健尉駕駛警車。這個小夥子取得大學森林系學士學位後，進入警察大學攻讀鑑識科學研究所，再經過特種考試，取得警察資格，剛剛被分發到保七總隊的刑警大隊。

江景智的小隊成員都和他一樣是森林警察出身，大家都從基層員警做起，熱忱夠，經驗足，但是缺乏專業鑑識知識，所以他向大隊長爭取，希望把吳健尉分發到他這支小隊，大隊長也答應了。

吳健尉在校成績雖然不錯，但他從來沒有實際偵辦過刑事案件，所以今天江景智坐在他身邊的副駕駛座上，一路上仔細叮嚀他——在學校裡，只要按照教科書的內容作答就可以得到滿分；可是面對真正的刑事案件時，每一名罪犯的個性、手法都不相同，頭腦要靈活，不能墨守成規。

車子駛過內灣老街，經過北角吊橋，就進入了尖石鄉。途經錦屏大橋時，江景智抬頭看看泰雅勇士像「本來」應該擺放的位置，現在只剩空空的基座。那座雕像非常雄偉，充分展現出泰雅勇士的健壯與氣勢，每次經過這裡，江景智都會忍不住抬頭看一眼。可惜，二〇一二年一場颱風侵襲，雕像被吹落山谷，至今尚未重建。

車子經過「青蛙石」，今天有幾名遊客漫遊天空步道。因為「青蛙石」附近沒有停車場，所以遊客必須把車子停在一公里外，再搭接駁車到此。

江景智比較喜歡還沒蓋步道之前的景象——坐落在那羅溪谷的「青蛙石」，是天然成形的石頭，形狀就像一隻抬頭仰望的青蛙；而天空步道則是這幾年趕流行搭建的。雖然號稱是新竹縣唯一的天空步道，不過因為別的縣市也有類似人工景點，彼此相似度太高，所以江景智途經這裡好幾次，都沒想過要停車去走天空步道。

過了「青蛙石」之後，是一連串蜿蜒爬升的山路。吳健尉第一次開車行駛這條路，他有點緊張，兩手緊握方向盤，全神貫注，隨著山路彎折，不停轉動車行方向。

沿路上，他們超越好幾組騎腳踏車上山的單車族，吳健尉不禁感到佩服。他開車行駛山路時，總覺得疲憊不堪，這些人竟然能夠一路騎上那麼陡峭的山路。

駛過將近二十公里山路後，他們才看到路邊有兩名穿著制服的警員，其中一人向他們揮手示意停車。江景智交代吳健尉，「在那兩名弟兄前面靠邊停車。」

接著，車上所有人都下車。

原本站在路邊的兩名第五大隊警員，也上前向他們敬禮。

江景智回禮之後，說：「是你們發現樹瘤被挖掉了？」

「是！我們昨天下午巡邏時發現的。」

江景智又說：「帶我們去看看那棵被挖掉樹瘤的樹吧！」

「是，請跟我們來。」

江景智便率隊跟著他們往山坡上走。

帶隊的警員回頭說：「還要走一段山路才能抵達。」

江景智點點頭，「沒問題！沒辦法走山路的人，還能當森林警察嗎？」

歹徒會下手盜伐的地點，當然不可能在路邊，一定是深林裡人跡罕至之處，如此一來，砍鋸樹木時才不會被人發現。所以，每次勘察盜伐案，都要走一段很長的山路才能抵達案發現場。

這天天氣晴朗，山區涼爽舒適，但是他們心情沉重，無心聊天，安靜穿梭在一棵棵高聳紅檜之間。

走了很久之後，帶路的警員還沒開口，江景智就突然失聲叫道：「天啊！這麼巨大的神木，他們也敢破壞？」

跟在他身後的隊員全都順著他的視線向前看去，只見一棵位於斜坡上，樹圍粗大，約需要四、五個大人才有辦法環抱的巨木樹幹上，被挖出一個寬約六十公分、高約四十公分、深約三十公分的大洞。那裡應該就是

樹瘤的位置。

帶路的警員點點頭，「是啊！這種等級的巨木，樹齡可能上千年，竟然還有人下得了手，真是財迷心竅。」

所有刑警都在距離神木幾十公尺的地方停住腳步，把手上裝備放在地上，拿出鞋套罩在腳底，雙手也戴上橡皮手套。接著，大家圍住受傷的神木，依照個人分工，訓練有素開始蒐證。

林世佑負責為受害樹木進行衛星定位，並記錄經緯度。他們既然受命偵辦這件案子，今後可能要經常回到這裡補強證據，而那兩位帶路的森林警察有固定巡邏任務，不可能每次都為他們帶路，因此他們必須靠自己在濃密森林裡找到這棵受傷的神木。這可不是一件簡單的事，畢竟森林裡沒有門牌號碼，得靠衛星定位。

卓峻瑋為現場拍照，並測量神木的各項尺寸，鄰近各樹的距離及相對位置也要記錄下來。

吳健尉剛加入這個團隊，他不知道該做些什麼，只能站在一旁看著別人忙碌。

江景智以小隊長身分提醒他：「你是鑑識組的，還不去蒐證？」

吳健尉這才如夢初醒般，開始查看巨木周圍事物。

這棵巨木靠在斜坡上，山老鼠鋸樹瘤時，必定是站在下坡處；但要把鋸好的樹瘤搬運下來，一定得有一個人在上坡處幫忙托著，才能順利搬動。

吳健尉蹲在下坡處觀察，他發現地面有一些鞋痕，尺寸有點大，鞋底圖案紋路很複雜，上坡處也有類似但不完全相同的鞋印。

吳健尉看了看帶路的兩名森林警察，他們腳下都穿著黃色登山鞋，「你們昨天也穿這雙鞋嗎？」

「是啊！這樣走山路比較方便。」

「可以麻煩你們把腳抬起來嗎？」

他們的登山鞋鞋底紋路和巨木旁的鞋印不一樣。

兩名森林警察知道吳健尉是在比對鞋印，便說：「放心，我們發現樹瘤被挖走後，就拉起封鎖線把附近圍起來，目的就是要保留現場，怎麼可能自己跑進來破壞跡證？」

吳健尉點點頭，「那麼，這些鞋印就是山老鼠留下來的。」

有兩種鞋印，歹徒果然不只一人。

卓峻瑋聽到吳健尉發現歹徒鞋印，趕忙走過來拍照。

吳健尉向右挪了一步，把空間留給卓峻瑋，但就在這時，他發現斜坡的鉛直面（跟水平面垂直的面）上，有兩、三個點狀尖痕排成一條鉛直線，便喃喃自語：「這是什麼痕跡？」

吳健尉後退一步，發現在尖痕後方約四十公分處有一道梯形壓痕，梯形內長軸方向有一條中線，從梯形右側邊線對過去，非常貼近點狀尖痕。

吳健尉想了一會兒，終於恍然大悟，「這是歹徒把使用過的鏈鋸，放在地面所留下的壓痕！」

那些點狀尖痕就是鋸齒鏈的痕跡，梯形部分是引擎和燃油系統，最寬的部分是前把手，最窄的部分是後把手。

為了證實自己的猜測，吳健尉靠近巨木，仔細觀察被挖開的洞口——嗯，樹的傷口處邊緣有波浪狀細小缺口，那是鋸齒離開木頭的瞬間留下的切痕。

江景智很激賞吳健尉的細心觀察與發現，「快請峻瑋拍下來。」

卓峻瑋很快就為地面壓痕和巨木傷口拍了特寫照片，拍照時旁邊還擺放一把尺，以便將來能準確掌握各種痕跡的尺寸。

吳健尉說：「我有更好的辦法。」

他在警校鑑識科學研究所受過訓練，知道如何從這類工具壓痕中製模。他從工具箱中取出一大一小兩管軟膏，並且拿出一張白紙鋪在地上，由大管軟膏擠出一段白色膏狀物。供應廠商沒說那是什麼成分，但他上網查過資料，知道裡面裝的是聚二甲基矽氧烷，也就是一般人所說的「矽利康」，每當牆角或窗戶漏水時，泥水匠就會用這種材料填補縫隙。接著，他再由小管軟膏擠出黑色膏狀物，這是一種硬化劑。一白一黑兩條膏狀物，在紙上形成兩條平行線。

吳健尉從工具箱中取出一根扁平木片，形狀像冰棒棍。他用木片迅速把黑白軟膏攪在一起，這樣一來，硬化劑就會在鏈狀的聚二甲基矽氧烷之間搭起橋梁，形成網狀聚合物。這團混合物愈攪愈硬，他就用木片刮起紙上混合物，抹在壓痕和尖痕上。

等待這團混合物完全硬化需要十到十五分鐘，吳健尉就利用這段時間，攪拌出另一團矽利康和硬化劑混合物，抹在兩名歹徒留下的鞋印上。

十五分鐘後，確定矽利康完全硬化，他才動手剝下矽利康——這下子，兩團矽利康上有了鏈鋸和歹徒鞋印的模子。吳健尉覺得這是重要證據，將來如果有了嫌疑犯或者找到可能的犯案工具，就可以進行比對。

吳健尉抬頭看了看巨木，它還活著，樹幹上仍有幾片嫩葉。他心裡不禁讚歎神木真是厲害，活了一千年以上，還這麼生氣蓬勃。接著，他伸手摘了幾片嫩葉，迅速放入裝了矽膠的塑膠袋中。

吳健尉會挑選嫩葉，是因為與老葉相比，單位質量的嫩葉有較多細胞、較少多醣與多酚——這些化合物會干擾DNA分子指紋分析，因此愈少愈好。矽膠則會吸走葉子水分，減緩它的分解速率。

林世佑和卓峻瑋也完成了他們的工作，江景智下令收隊。

這時，吳健尉的手機響了，他走到一旁接聽。

是爸爸打來的。

「快回家，阿嬤過世了。」

第二章　阿嬤的筆記

阿嬤走得很安詳。

最後這幾年，阿嬤失智，狀況時好時壞。好的時候，一切正常；差的時候，連自己的子女都不認得。不過阿嬤倒是從來沒有忘記他這個孫子。

聽爸爸說，今天下午阿嬤要午睡前，突然說：「把我的雨傘拿來，我要來去了。」

阿嬤晚年走路都拿著長柄雨傘，晴天時當枴杖，雨天時當雨傘，一舉兩得。

最後一個星期，阿嬤已經體力衰弱到無法下床，突然說要出門，家人以為她又犯糊塗了，只虛應故事回答她說：「好。」

阿嬤就閉上眼睛睡覺，沒想到再也沒有醒過來。

吳健尉從尖石鄉趕到殯儀館時，正好趕上把阿嬤送入冰櫃。

爸爸隨葬儀社人員到公司洽談喪葬事宜前，交代吳健尉和媽媽回家整理阿嬤的東西，要找出一套衣服、鞋子，讓阿嬤穿著火化，也要找出一些舊照片，在葬禮上播放。

由於阿公在兩年前過世，不久前他們才剛進行過一次這些程序，因此都很熟悉有哪些該做的事情。

回到家後，吳健尉和媽媽草草吃了一碗泡麵當晚餐，就進入阿嬤房間，開始整理東西。

第一件讓他們驚訝的事情是，阿嬤的房間裡竟然到處藏了錢。

阿嬤失智之後，常常抱怨她的錢不見了。在家中宣稱遺失金錢，會造成很大的困擾，因為這不就等於懷疑家裡有小偷嗎？所以爸爸就停止拿錢給阿嬤，反正阿嬤失智之後，出門都有人跟著，根本沒機會花錢。

可是阿嬤堅持手邊沒錢，會沒有安全感，因此爸爸只好固定在她的抽屜裡放幾千元。不過幾天後，那些錢就會不見，問阿嬤那些錢去哪裡了，她就說忘記了，有時甚至不記得自己從抽屜裡拿過錢。

吳健尉和媽媽在阿嬤的被單下、櫃子裡、帽盒中，都找到千元鈔票，每個地方都藏有一、兩張，難怪她會抱怨錢不見了，原來是自己藏到忘記了。

媽媽接著整理阿嬤的衣服，「哪一套衣服是阿嬤最喜歡的呢？」

吳健尉也跟著媽媽翻找阿嬤的衣櫃，沒想到他在衣櫃底下翻出一疊用長尾夾夾住的紙張，上面寫了密密麻麻的字，而且有不同筆跡和墨色，刪刪改改，顯然經過很多次反覆修正。

阿嬤寫了厚厚一疊的紙張是什麼？是日記嗎？還是自傳？

吳健尉好奇的拿起來閱讀：

我叫吳王婉淑，不過我出生時，名叫王罔市。在臺灣話裡，罔市就是「姑且養之」的意思。以前的人重男輕女，父母不歡迎生下的女娃，只是既然生了，無奈之餘，就只好養下來。

我一直很討厭這個名字，結婚之後，冠了夫姓，變成吳王罔市，還是一樣難聽。我兒子在一九七四年才幫我取「婉淑」這個名字，他說婉淑和罔市的讀音接近，但是比較文雅。

別人是父母幫子女取名字，我的名字卻是兒子取的，很特別吧？他那時只是個高中生而已，就這麼有想法，很不錯吧？難怪他後來會成為英文老師，可是我想，他對文學的興趣可能是來自我的遺傳喔！

因為我先生是工人，只對機械有興趣。而我呢？我從小愛看書，尤其愛看小說，也愛寫日記，只是我小時候用日文寫的日記已經找不到了。直到二次大戰結束後，我被迫離開學校，只好一邊到工廠工作，一邊到補習班上課，從頭學習中文。

我先生過世之後，我一個人很孤單，沒事可做，記憶力衰退很快，我兒子就要求我寫下一生的經歷，訓練腦力。於是我根據我的童年記憶，每天寫一點，也加入我的感想與回顧……可能有點凌亂，也可能不太通順，但是沒關係，我不是作家，也沒有要出書，我只想讓後代子孫知道，我是這樣長大的。

我出生在昭和九年（一九三四年），本來的家庭位於堀江町，在萬華驛（火車站）附近的鐵支路（鐵軌）旁，家中有三姐妹，我是老么。

萬華古名叫艋舺，因為番人會划著一種稱為「艋舺」的獨木舟到這裡和漢人交易，所以這裡的地名就叫艋舺。日本人統治臺灣時，覺得「艋舺」的臺灣話發音和日本話的「萬華」發音很像，就把地名改為萬華。

我的大姐名叫麗枝，二姐名叫罔留，我叫罔市，從名字就可看出，阿爸對第二個和第三個女兒的出生很不滿意。尤其是我，阿爸連看都不看我一眼，幸好我仍然有阿母疼愛。

我六歲那年，也就是昭和十五年（一九四〇年），有一天日本警察來家裡，說阿母有麻瘋病，拿出手銬，就把她的雙手上銬抓走了。這是我人生中最恐怖的經驗，從此阿母再也沒有回來過。

日本人稱麻瘋病為「癩病」，而臺灣人則稱這種病為「癩㾂」（音同『苔疕』，骯髒之意），當時是一種人見人怕的傳染病，得到這種病的人，鼻子會塌掉，手指會脫落，有些人還會瞎掉。只要經由保正或醫生通報，日本政府就會立刻把患者送到療養院隔離，以免傳染給其他人。可是我發誓，阿母被抓走時，完全沒有任何症狀。

確定阿母無法回家後，阿爸就急著把我送走。因為大姐、二姐年紀比較大，可以工作貼補家用，而我年紀小，還需要人照顧，阿爸以一個單身男人不會照顧小孩為理由，到處打聽有沒有人要領養小女孩。

那時，鐵支路旁有一間硝子（玻璃）工廠，裡面有一個年輕工人，名叫李更，他和太太結婚好幾年，都沒有生小孩。他太太很想有個孩子，所以他就跟阿爸說要領養我，阿爸很高興，就把我的衣服用一塊布包起來，吩咐我跟李更回家。

當時一切都很簡單，大人一句話，就把小孩送人，也沒辦任何手續，所以我仍然姓王，沒有改姓李。

我年紀那麼小，突然要趕我離家，跟一個陌生人走，我當然不肯，還嚇到大哭。但是阿爸絕情的說：「去吧！這裡不是妳家，以後不要再回來了。」

李更瘦瘦高高的，當時剛下班，渾身髒兮兮，散發著汗臭味。不過他蹲下來，輕聲說道：「不要怕，從今天起，我就是妳的爸爸。我現在帶妳回新家，妳的媽媽已經煮好飯菜，等著我們回去吃了。」

我無可奈何，只好哭哭啼啼，手上提著包袱，跟著他穿過鐵支路，經過蓮花池，走到祖師廟橫街（現今的貴陽街）。新爸爸的家是向祖師廟租的，非常狹窄，左邊靠牆的地方放了一張吃飯桌（餐桌），右邊是一張長條椅，就沒什麼多餘空間了。

新媽媽果然已經煮好飯菜，她煮菜的火爐和鍋子是放在屋外的亭仔跤（騎樓），煮好才端進屋子裡，放在飯桌上。

她看到我還在抽泣，就用手輕輕撫摸我的頭髮說：「免驚，既然要妳來，就會疼妳。先來吃飯，吃完我幫妳把臉洗乾淨，不要再哭了。」

經她這麼輕輕撫摸，我就不哭了，加上阿母被抓走之後，我就不曾吃過一頓熱騰騰的飯菜，這時看著桌上冒著煙的熱湯，飢餓終於壓過恐懼，我坐在長條椅上，開始了我在李家的第一餐。

新爸爸坐在我的左邊，一隻腳踩在長條椅上，桌上放了一瓶米酒，一只空碗。他先把米酒倒在碗裡，一口喝掉，然後再倒一碗，又喝掉，直到整瓶米酒都喝完，才開始吃飯。往後的幾十年，只要他在家裡吃飯，都是這個模式。

吃完飯，新爸爸把長條椅搬到屋外，坐著乘涼。新媽媽用爐子裡的餘火燒了熱水，幫我把臉和手腳洗乾淨。

天色很快就黑了，屋裡沒有床，我不知道晚上要睡哪裡。新媽媽從桌子旁邊拿出一張木梯，架在飯桌上，我這才看到屋頂下方有個半樓仔（閣樓）。新媽媽把我抱上桌子，要我爬木梯到半樓仔。

新媽媽回頭問新爸爸：「你今晚要睡哪裡？」

新爸爸說：「天氣熱，我在外面睡。」

說完，他就躺在長條椅上。每到夏天，他都睡在戶外，在狹長的長條椅上和衣躺下，就可以睡著，從來不曾因為熟睡而摔到地上；直到冬天，他才會回到室內，爬上半樓仔和我們一起睡。

在李家的第一個晚上，我沒有睡好，因為枕頭很硬，半樓仔的床板又有老鼠跑來跑去的聲音。我很怕老鼠會咬我，緊張到不敢闔眼，只能在黑暗中瞪著天花板，直到天快亮才昏昏沉沉睡去。

第二天一早，又有熱騰騰的稀飯，配著醬菜。吃過早餐之後，新爸爸就去上班。

屋子裡沒有廁所，整條街只有一戶人家有廁所，大家要大小便都得向那戶人家借廁所。後來，我才知道，住在這裡的人都是安溪人（來自福建省安溪縣的移民），所以左鄰右舍都彼此熟識。大家都稱呼新媽媽為「文仔」，也對文仔家剛領養的女兒感到好奇，一大早就有很多鄰居來聊天，不久之後，整條街的婆婆媽媽們都知道我叫「罔市」了。

過了幾天，我漸漸適應新家的生活。直到有一天，我大姐麗枝帶著二姐罔留，到祖師廟邊來找我，說是要帶我去找阿母。

新媽媽問了她幾個問題，例如：「要去哪裡？」、「要怎麼去？」、「什麼時候帶她回來？」之後，就塞了一點錢給我，對我說：「跟妳姐姐去吧！」

麗枝帶著我們走到淡水河邊，我們都稱那裡為番薯市——自古以來，平埔族人就划著艋舺載著番薯，來這裡和漢人進行交易，所以這裡才有此稱呼。後來，日本人覺得不好聽，把這個地方改名為歡慈市街，並劃定為風化區，因此這一帶有許多日本人開的藝旦間，他們稱為「遊廓」。

我們走到大溪口（現今臺北市第一水門），河邊碼頭上有一名船夫用竹篙撐著渡船，來回擺渡。麗枝付錢給船夫，帶著我們上船。

我把新媽媽給的錢交給麗枝，她把我的手推回來，「這些錢妳留著用，妳一個人在別人家，記得要乖一點。」

我點點頭說：「新媽媽對我很好。」

麗枝說：「那就好。」

船夫用竹篙把船撐離岸邊後，就把竹篙收起來，放在船板上，改用槳划，船頭直直朝著對岸前進。渡船靠岸的地方，叫作三重埔。下船後，麗枝帶著我們步行，一路經過二重埔、頭重埔（新莊區頭前里）到達新莊，再沿著縱貫道路一直走。

當時我年紀小，第一次走那麼遠的路，走到腳都起水泡了。我一路上哭哭啼啼，大姐不耐煩了，就嘆口氣，回頭說：「不然妳回去好了。」已經走到新莊了，要我自己回頭，我也不知道怎麼走，更何況我很想見阿母，所以只好擦乾眼淚繼續走。終於走到頂坡角（屬於現今的新莊區迴龍），大姐在一堵白色圍牆前停下腳步說：「到了。」

白色圍牆上用紅色油漆寫了一些大字，我那時還沒上學，並不認識那些字。圍牆內種著密密麻麻的大樹，比圍牆高出許多，圍牆中間有一座金屬搭建的圓弧形拱門，上面爬滿了綠藤。

麗枝說，這裡就是臺灣總督府癩病療養樂生院。

我們從拱門走進去，那是一段狹長水泥路，兩旁用鐵絲網圍起來，鐵絲網裡種植許多樹。水泥路走到盡頭，是一道鐵柵門。門口有個崗哨，裡面有兩名日本警察。見到有訪客，其中一名日本警察走出崗哨。

麗枝用日語說：「我們要找我們的卡桑（母親）。」

「患者不能會客，癩病會傳染。」日本警察嚴詞拒絕。

麗枝花了很多時間向他們解釋，我們走了很遠才來到這裡，拜託一定要讓我們見母親一面。我看到日本人一直搖頭，就哭了起來。

日本警察看我哭個不停，只好說：「好了，不要哭了，我教人把妳們卡桑帶出來，但是只能隔著門說話，知道嗎？」

麗枝點點頭。

「妳們卡桑叫什麼名字？」

「王何卻。」

左右鄰居都叫媽媽「阿卻」——唉，「卻」這個字在閩南語裡就是「撿」的意思，好像媽媽是撿來的，一點都不值得珍惜。臺灣人重男輕女的觀念，真的很嚴重。

日本警察回頭向崗哨裡的伙伴喊了幾句，那名警察就拿起電話通報。

日本警察招呼我們站到柵門前，「等一下就在這裡和妳們的卡桑講話。」

我兩手緊抓柵欄，額頭也貼在鐵條上，恨不得和阿母居住的地方更靠近一點。

柵門內是一片水泥廣場，廣場中央留了一塊泥土地，種了幾棵大樹，後方是一排黑瓦紅磚的漂亮建築。房舍外有一條走廊，走廊外有柱子，柱子間形成圓拱形出入口。柱子上方是紅磚，下方是白色碎石貼成的牆面，建築物旁有一棵大樹。

這棟房子和一般臺灣人的住屋很不一樣，我看得目瞪口呆。我長大後又造訪樂生療養院好幾次，才知道那棟房子是辦公廳，是日本人蓋的。

過了很久，建築物木門開啟，阿母走了出來，後面跟著一名戴著口罩的指導員。

阿母看到我們就激動的跑過來，但是指導員大聲斥責她，她只能在離柵門幾步遠的地方停下來，跟我們說話。

我見到阿母立刻放聲大哭，「阿母～」

麗枝和罔留也激動的抓著柵門大哭。

阿母淚流滿面用閩南語說：「心肝囝，阿母毋甘（捨不得）。」

麗枝問：「阿母，妳在這裡過得好嗎？有呷飽無？」

阿母說：「有啦！這裡有公炊，呷飽無問題，也有發碗、杯子和椅子，睏（睡覺）的地方也有安排，妳們免煩惱。」

罔留問：「阿母，妳真的有癩痲病嗎？」

「就算本來沒有，進來這裡也被染上了。」阿母指了指她臉上幾塊紅紅的皮膚，「這些地方現在麻麻的，就算用針刺、用火燙也不會痛。聽裡面的人講，這就是麻瘋。」

可是阿母以前的皮膚很好，不會這樣一塊紅、一塊白呀！我永遠無法知道阿母是本來就有麻瘋，還是在裡面被感染的。

接著阿母問我：「罔市，妳有沒有乖乖聽阿爸的話？」

我一聽，哭得更大聲。

阿母問：「怎麼啦？」

麗枝只好實話實說：「阿爸把罔市送乎別人做查某囝（女兒）。」

「什麼？這個沒良心的！」阿母臉色一變，要衝過來抱我，但是指導員和日本警察都大聲制止，並喝令阿母立即回到院區內，否則要關禁閉。

阿母淚流滿面，可是只能無奈的跟隨指導員走回木門內，最後阿母回頭再看了我們一眼。

麗枝大喊：「阿母！妳要保重！我們會再來看妳！」

指導員嫌惡的用腳頂住木門，讓阿母進去，然後他也尾隨著進去。

阿母一生都沒有離開過樂生療養院。我後來每隔幾年都會再去看阿母一次，她的病情愈來愈惡化，先是皮膚潰爛，接著鼻子塌了，手指頭一根一根爛掉。

後來醫學進步，痲瘋病不會再傳染，對病患的隔離政策也取消了，但是因為自己的容貌嚇人，所以病患也不想離開樂生療養院。

我結婚後，生了孩子，每年都會帶他們去樂生療養院見阿母。樂生療養院的門禁解除了，我們可以直接進入阿母居住的院舍，這才知道，原來樂生療養院不是只有那棟辦公廳，後面還有一大片山坡，有水池，也有許多大樹。

我的孩子們會在院舍前的大樹上攀爬嬉戲，院中其他病友也很疼愛我的小孩，會摘樹上的蓮霧給他們吃。雖然這些病友同樣都是沒有鼻子、沒有手指頭、相貌奇怪的人，但是我的孩子因為從小就看慣了，並不覺得害怕。

阿母晚年為求心靈平靜，參加院內誦經團。我每次見到她那些誦經團的朋友，覺得他們除了容貌和一般人不同之外，並沒有其他不一樣，都是慈祥的老人。

阿母最後是在樂生療養院過世，因為以前怕傳染，所以連患者的遺體也不准運出來，只能在療養院後山空地火化。阿母過世時，也是按照院裡慣例處理。

阿母火化那一天，我的兒子寬育剛考完預官，直接從學校趕到樂生療養院。院內病友把阿母的遺體抬到後山空地上，沒有棺木，遺體直接架在木柴堆上，上面蓋著一塊白布。

那時阿爸早已過世多年，親友中只有我們三姐妹和我們的子女來送她。院內病友倒是很多人出席，阿母在樂生療養院住了三十九年，那些病友才是她的家人。

我們沒有請院外的道士，而是由院內誦經團念經，那些人都是她的好友。誦完經後就點火，當火焰吞噬阿母的遺體時，院內病友就請我們離開，他們會處理後續工作。每個人都是如此淡定，對他們而言，一生受盡悽苦，死亡只是解脫。

最後幾年和阿母住在一起的病友，握著我的手說：「要記得回來，不要因為妳阿母不在，就不回來看我啊！」

我默默點點頭。可是我再也不曾回

去，即使後來因為捷運機廠用地要拆除樂生療養院而引發抗議，我也不曾回去。對我而言，那是個不堪回首的傷心地啊！

第一次到樂生療養院探望阿母那天，麗枝帶我回祖師廟新媽媽的家時，已經天黑了。後來，麗枝又陸續到祖師廟看過我幾次，告訴我家裡的變化：爸爸娶了新太太。

我在新家住到年底——當時日本人使用新曆（國曆），臺灣人仍採用舊曆（農曆）。臺灣人在形容各種舊曆節日時，習慣加上「咱人」兩個字，以表示和日本人不同，例如：「咱人過年」是指舊曆新年，日本人的新年叫「新曆過年」。

那一年，咱人過年那一天，我忍不住跑回鐵支路旁的舊家，想找阿爸、麗枝和罔留。屋裡走出一個我不認識的女人，她弄清楚我是誰之後，冷冷對我說：「妳不知道正月初一查某囝轉外家（回娘家），會害外家變窮嗎？再說，妳已經是別人的查某囝，這裡不是妳家，以後不要再轉來（回來）了。」

我一路哭著走回祖師廟新家，從此再也沒有回到那個鐵支路旁的「家」。多年以後，那間房子拆了，那個女人也過世了，爸爸過世時是和麗枝一起住的。

祖師廟的新家才是我的家，從此之後，我真心把新爸爸和新媽媽當成我真正的爸爸和媽媽。

很多年後，我結了婚，第一個舊曆過年，文仔媽媽邀我在初一那天和先生一起回到祖師廟的娘家。我回想起童年的驚恐記憶，急忙拒絕，「不好啦！正月初一查某囝轉外家會害外家變窮呀！」

媽媽笑著說：「我不怕。」

這才是家呀！

第三章　鏈鋸

吳健尉捧著阿嬤的筆記一邊閱讀一邊感到納悶：阿嬤沒讀完小學就因戰爭中斷學業，而且她從未接受過正式中文教育，她的文筆有這麼通順嗎？阿嬤已經失智兩年了，這些筆記是什麼時候寫下呢？

鐵門哐啷作響，爸爸回來了。

媽媽為爸爸泡了泡麵，並陪在餐桌旁，問了一些葬禮事宜。

爸爸說葬禮訂在兩個星期之後，訃聞內容已經安排妥當，棺木也選好了，明天要和葬儀社人員一起到陽明山上看靈骨塔塔位。

「兩個星期之後？這段時間，健尉要請假嗎？」媽媽發問。

爸爸搖搖頭，「不必，作七的時候參加就可以了，公事要緊。」

吳健尉等爸媽談完話，才拿著阿嬤的筆記上前問：「爸爸，這本筆記是阿嬤寫的嗎？」

爸爸點點頭，「對，她開始出現失智症狀之後，為了鼓勵她用腦，我拿了紙筆給她，要求她把記得的事都寫下來，不拘多少，但是能書寫的時候，每天一定要記錄一點。她從小時候寫起，不過身體狀況時好時壞，好的時候，一天可以寫好幾百個字；不好的時候，可能好幾天都寫不出一個字。你看到的這些內容，是她花了將近兩年的時間，斷斷續續寫出來的，因此有各種顏色的墨水，加上她生性節儉，捨不得使用我為她準備的筆記本，就寫在廣告傳單背面，然後用長尾夾夾起來。只可惜才寫到戰爭結束時，她的病況就嚴重到無法再繼續寫下去。」

「哇！沒想到阿嬤的文筆這麼流暢！」吳健尉驚呼道。

「阿嬤的文筆確實很通順，她還沒失智之前，曾經使用像這樣夾起來的紙張，寫出國外遊記給我看，雖然沒有太花俏的詞藻，但是很通順——老實說，比一般中學生寫得更好。他們那一代並未受過完整教育，能說出和寫出流利中文，實在很了不起。」

爸爸嘆了口氣繼續說：「阿公阿嬤那一代因為年幼失學，非常渴望讀書。我在中學擔任英文老師，會幫學生訂閱英文雜誌，但學生學習態度很消極，雜誌在教室裡堆得很高也沒有人要領取，反倒是阿公阿嬤看到我桌上有過期雜誌就拿去看。我常想這個社會是怎麼了？該讀書的人不讀書，不必讀書的人拚命想讀書。」

爸爸接過吳健尉手中的筆記，「不過，她寫這份筆記時，已經有失智症狀，有些文句斷斷續續，是我幫她修飾和注解，所以筆跡不只一種。有些語法是老一輩臺灣人慣用說法，不是標準中文，我盡量予以保留。我修

飾完之後，再念給她聽，有時她聽完，又會補充一些細節和感想，我就再補寫進去，所以這本筆記算是我們母子倆一起完成的作品吧！」

吳健尉點點頭，「我剛剛讀到樂生療養院那一段，阿嬤都沒跟我提過她的親生母親染上痲瘋病……這個名詞有貶義，因為他們會痲，但是不瘋……現在的正式名稱是以發現痲瘋分枝桿菌的挪威醫生名字，命名為『漢生病』。」

爸爸嘆口氣說：「哦，阿嬤的媽媽，你要叫『阿祖』。自從阿祖去世之後，阿嬤就再也不提這件事，因為臺灣人稱痲瘋病為癩痦病，有骯髒的意思，認為染上這種病不是光彩的事。另一方面，樂生療養院充滿了她痛苦的回憶，畢竟年紀這麼小就被迫與生母分離。不過，她對生母仍有濃濃的愛意，我小時候常跟著你阿嬤去樂生療養院，在那裡爬樹、吃蓮霧。那裡的人都塌鼻子，沒有手指頭，開水燒好時，因為沒有手指可以提壺把，必須隔著抹布用掌心捧著滾燙水壺，才能準確把水倒入杯子裡，實在很辛苦，我每次看到那一幕都很心疼。」

吳健尉疑惑道：「你小時候看到塌鼻子的人，不會害怕嗎？」

爸爸搖搖頭，「不會，因為我第一次看到他們時，年紀還很小，只覺得奇怪，因為他們和我在院外看到的人不一樣，但是不會害怕。可能是你阿嬤阿公見到他們時沒有顯露害怕或厭惡表情，所以我也不害怕，更何況他們待人都很親切。離開院區之後，我問你阿嬤，為什麼那些人長得和我們不一樣，她只說他們生病了。阿嬤一直認為她的媽媽是被誤診的，因為進入院區之前，她完全沒有症狀。所以那段回憶對阿嬤而言，真的太痛苦了。」

吳健尉在鑑識科學研究所裡，學到很多生物和醫學知識，「我想，應該沒有誤診。漢生病通常會潛伏五至二十年才會出現症狀，如果阿祖進入樂生療養院之後不久就出現症狀，那麼顯然這種病菌已經潛伏在她體內很久了。說不定有小病痛去診所看醫生時，被醫生診斷出有痲瘋病，而通報給警察。」

爸爸懷疑的問：「如果真的潛伏那麼多年，家裡其他人為什麼沒有被感染？」

吳健尉解釋，「其實，漢生病的傳染力本來就不高，只有頻繁接觸的兩個人之間才會有傳染的可能，通常是經由咳嗽和接觸患者體液傳染的，像是鼻涕。若只是日常生活中的接觸，較不容易傳染。」

「你說得倒輕鬆，我小時候在樂生療養院見到的患者，至少有一千名以上，那時大約是民國五〇年代，已經有藥物能控制這種病了。據說在之前的日治時代，漢生病仍無藥可醫，就只能隔離患者，等於是把他們扔在樂生療養院自生自滅，有些人很快就去世，有些人因為絕望而自殺。如果到了我去樂生療養院看阿祖時，還有那麼多名患者，當初染病人數一定很驚人。」爸爸對吳健尉輕忽這種病的威力不以為然。

吳健尉搖搖頭，「真的啦！全世界有九成的人，天生對麻瘋分枝桿菌有免疫力，所以大部分的人都不必擔心會感染這種病。統計顯示，貧民區比較容易流行，此外跟遺傳也有一點關係，某些家族會有很多人感染。例如二〇一六年全世界感染漢生病的新增病例仍有二十一萬六千人，分布在十六個國家，新增病例有一半以上是在印度。」

爸爸沉思後道：「貧民區比較容易流行？我想是跟衛生條件不好有關。我一直到讀小學時，全家人仍是共用同一條毛巾洗臉，共用同一枝牙刷刷牙，這樣一來，確實很容易傳染疾病。」

吳健尉皺著眉問：「怎麼那麼噁心？」

爸爸苦笑著說：「一方面是窮，另一方面是沒有衛生觀念，當時對號

火車上還發送公用毛巾給人擦臉呢！大概是隨著臺灣人衛生習慣改善，漢生病感染人數才漸漸減少，同時隨著時代演進，醫學也跟著進步——我曾聽樂生療養院患者說，有一種新藥叫DDS，可以治療漢生病，大家沒那麼害怕了，才取消隔離政策。」

吳健尉點點頭說：「是啊！因為磺胺藥發明，抗菌效果非常好。院民口中的DDS，是Dapsone簡稱，也是磺胺藥的一種，自一九四一年起歐美國家就開始使用這種藥治療漢生病，但是樂生療養院直到一九五三年才開始使用這種藥。因此，當年阿祖等患者在樂生療養院真的只能說是隔離等死，幸運的人才能活下來，加上當時醫生沒有正確劑量觀念，許多第一批投藥的樂生療養院患者，發生嚴重副作用，甚至死亡。不過，臺灣現在每年感染漢生病的患者大約只有十人。」

爸爸驚恐的說：「現在還有人得這種病？我還以為在臺灣已經絕跡了

呢！」

「世界衛生組織在二〇一六年提出全球零麻瘋病政策，期望在二〇二〇年達到每百萬人口新增病例小於一人的目標。以這個標準而言，臺灣可被視為沒有漢生病的國家了。」

接著，吳健尉揚了揚手中的筆記，「阿嬤這本筆記我今晚只看完前面幾頁，覺得很有意思，我可以帶在身邊，有空時慢慢看嗎？」

爸爸點點頭，「你帶去吧！阿公阿嬤他們那一代人，一輩子貧苦，沒能留下物質遺產，但是他們在逆境中努力向上的精神就是最好榜樣。這本筆記就當成阿嬤留給你的遺產，你帶著慢慢看吧！阿嬤在最後幾頁提到她在新竹縣生活的經歷，你現在的工作地點在新竹，帶著它說不定有幫助呢！」

第二天早上，吳健尉先到第一殯儀館向阿嬤的靈位上香之後，就開車駛上高速公路，返回大隊部。

他在開車時有些恍神，很難接受從小疼愛他的阿嬤突然離世，他甚至走錯交流道，只好調頭再駛上高速公路。不過，他知道阿嬤會希望他打起精神，繼續過生活。這是阿公過世時，阿嬤告誡他的。那時，阿嬤頭腦還非常清楚，沒想到接下來，阿嬤就開始出現失智症狀，兩年後跟著阿公過世了。

吳健尉踏進辦公室，同事都很訝異他還來上班，也紛紛安慰他。吳健尉誠實說出自己因為惦記家裡的事，早上還走錯交流道。

小隊長江景智聽到聲音，走出來問他：「你不是請喪假嗎？怎麼不在家裡幫忙？」

吳健尉冷靜道：「喪葬事宜有葬儀社處理，我爸爸要我作七和葬禮那幾天請假就好。破案的黃金時間只有七十二小時，我要好好把握。」

刑案通常要在三天內理出頭緒，否則可能永遠也破不了案。因為時間久了，證據可能遭到破壞、歹徒互相串證、目擊證人記憶淡化……這些變化都對偵辦工作相當不利。

吳健尉把昨天在犯罪現場製作的鑄型拿出來，再請卓峻瑋把現場拍的照片傳給他，接著登入電腦資料庫，一一比對。

鑑識科平常就會為各廠牌鞋底紋路建檔，因此他只要讓電腦自動比對即可。電腦會針對鞋子尺寸與鞋底紋路，找出幾個可能的廠牌與型號，最後再由人工比對確認。不久，電腦資料庫有了比對結果：「兩雙都是同一種雨鞋。」

專案小組都擠到電腦前，「可是這種雨鞋很普遍，穿的人很多，幾乎鞋店都有賣這款雨鞋。」

吳健尉也同意，「這對縮小偵查範圍沒什麼幫助，但將來如果逮捕到嫌犯，可用來確認證據是否相符。」

接下來，吳健尉開始比對工具壓痕。依照他的猜測，那是鏈鋸留下來的壓痕——盜伐講究效率，鋸完要趕快逃離現場，不可能手動慢慢鋸，大型電鋸又不便於帶上山，所以最有可能的工具，就是用汽油或電池做為動力的鏈鋸。

臺灣買得到的幾款鏈鋸，大多是國外進口的廠牌，包括美國、日本和德國製，因此吳健尉先由網路搜尋這些商品。按照昨天採集到的壓痕判斷，這是使用汽油引擎的鏈鋸，這樣一來，可能的廠牌數量減少很多。

把網路上的照片和規格與昨天取得的壓痕進行比對，鏈鋸廠牌呼之欲出，可能是一款德國製二十吋汽油引擎鏈鋸。不過，畢竟只有一小塊壓痕，很難和電腦上縮小的平面圖進行詳細比對。

「找個實物來比對一下吧！案發地點附近有沒有商店販賣這款鏈鋸

呢？」吳健尉自言自語道，歹徒有可能是在附近商店購買的。

他邊說邊立刻搜尋新竹縣販賣鏈鋸的商店，「哈！找到了！竹東鎮有一間鏈鋸行，專賣割草機和鏈鋸——有道理，尖石鄉太偏僻了，客源少，商店不易獲利。竹東鎮是大鎮，附近山地偏鄉要採購專業工具，應該會到竹東鎮。」

江景智看到吳健尉振奮的表情，問道：「有什麼發現嗎？」

吳健尉點點頭，「我想，我已經找到鏈鋸廠牌和型號，以及可能賣出的商家。」

江景智立刻拿起警車鑰匙，「我開車載你去，你今天精神不集中，開車危險。」

這次他們不開警車，也不穿警察制服。這是刑警的特權，為了偵辦刑案，有時要喬裝成各行各業的人，所以可以穿便服，駕駛普通小型汽車出外辦案。

吳健尉帶著昨天製作的鏈鋸壓痕鑄型，搭上小隊長的車。由苗栗大湖到新竹竹東，花了一個多小時車程，那間鏈鋸行就開設在竹東鎮的熱鬧大街上。

兩人停好車，走進店內，店員熱情的招呼他們，「兩位要買什麼？」

「我們想買鏈鋸。」吳健尉道。

店員開心的說：「你們來對地方了，我們這間店敢取名叫鏈鋸行，當然各種鏈鋸應有盡有，你們打算買什麼尺寸和廠牌的鏈鋸呢？」

吳健尉不浪費時間，直接說出廠牌和型號。

「有！」店員立刻取出一把鏈鋸，「我們這款產品賣得很好喔！請問你們使用過鏈鋸嗎？」

江景智和吳健尉都搖搖頭。

「那需要我為你們示範一下使用方法嗎？」

「好呀！」

店員把鏈鋸放在店門口瓷磚地板上，要兩人後退，接著扯動鏈鋸上拉繩，引擎立刻發出噪音，冒出一陣白煙，導板上的鏈條也轉了起來。店員又示範怎麼控制鏈條轉速——這麼銳利的鋸齒快速轉動，光是看就覺得很可怕，吳健尉不禁為受傷的巨木感到心疼。

「好了，可以關掉了。」江景智說。

店員疑惑問道：「你們不想自己操作看看嗎？」

「不必了，你把引擎關掉，放在地上就好。」江景智轉頭對吳健尉說：「你就進行比對吧！」

吳健尉由背包裡拿出壓痕鑄型，放在地板上，然後舉起鏈鋸放在鑄型上——輪廓一致。

他接著把鏈鋸轉為側放，比對鑄型與鏈鋸底部所有凹凸線條——完全符合。

他再拿出尖痕鑄型，與鏈鋸鋸齒比對——尖痕之間的距離恰好等於鏈鋸鋸齒距。

吳健尉抬頭對江景智說：「完全符合，就是這款鏈鋸。」

店員感到莫名其妙，「你們在做什麼？」

這時，江景智拿出證件，「我們是警察，想請教你幾個問題。這款鏈鋸賣出幾部？有沒有銷售紀錄？」

店員嚇了一跳後，才搖搖頭，「賣出很多部啦！店內沒有銷售紀錄，客人大部分都是現金交易。這款鏈鋸才六、七公斤重，客人看了中意，付了錢，就搬上汽車載走了。」

吳健尉追問：「都是什麼樣的人購買呢？」

店員想了想，「各行各業都有，包括園藝師、造景師或木工。很多住在山上的原住民也會買，因為鋸樹很方便。」

江景智和吳健尉問不出特定買家，只好離開鏈鋸行，準備返回大隊部。兩人在車上繼續討論案情。

「至少已經確定山老鼠所使用的鏈鋸款式。」吳健尉慶幸今天沒有白跑一趟。

「嗯，他剛剛說原住民也會買鏈鋸，這倒提醒了我一件事。要把那麼重的木材扛下山，必須有很好的體力，所以很多山老鼠都會雇用原住民來做這份工作。」江景智繼續說：「當然，這幾年也有雇用外籍移工的案例，尤其是逃逸的越南移工，他們從小就對叢林很熟悉，來到臺灣只要有本地人帶領，很快就能適應深山環境，成為盜伐集團的一份子。因為他們收費低廉，幾乎搶了本地原住民的『工作』，所以我們追查起來，也更加

麻煩。」

目前偵查工作雖有進展，卻沒有重大突破。吳健尉看著窗外往後退去的路燈，盤算著回到大隊部要趕快進行DNA分析的工作。

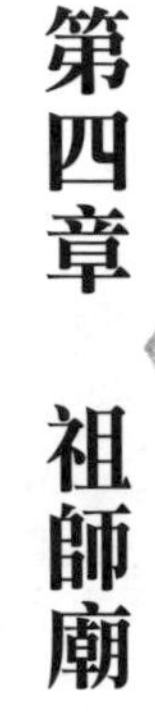

第四章　祖師廟

我死心塌地在祖師廟邊住下來之後，每天都過著一成不變的日子。爸爸去工廠上班，我就跟著媽媽到菜市場買菜，然後回家揀菜、洗米、煮飯。幾個月之後，我已經覺得無聊而不耐煩，於是開始在祖師廟附近穿街走巷，找尋新鮮的事情。

隔壁是一間棉被店，老闆姓徐，個子很矮，說話口音和大部分的人不太一樣，後來我才知道他們是福州人。他每天都要打棉花——我從未見過這樣的工作，對我而言，非常新奇。

他們家中間就擺著一張大型木床，要打棉被時，他會把棉花平鋪在

木床上，再將一把很長的木弓綁在腰部後面。那把木弓有點彎曲，而且有彈性，上半部由他的背後往前彎，弓的末端綁著一根鉛直的弦，弦的末端又綁在另一把水平放置的弓上，第二把弓也同樣有弦。

徐老闆左手抓著水平的那把弓，控制它的高度，讓水平的弦恰好在棉花上方，右手則拿著一把舊木槌，不停敲打水平的弦。受到敲打的弦會振動，帶動木床上的棉花，變得非常蓬鬆。

當然有很多棉絮飛起來，弄得整間房子從天花板到地板，到處都是棉絮。徐老闆也是滿頭滿臉都是白色棉絮，我第一次看到他，還以為他是白頭髮、白鬍子的老公公呢！但是每天晚上，他工作完畢，洗完臉，就又露出乾淨的臉龐。

我連看了好幾天，終於忍不住問他：「阿伯，你為什麼要一直打那些棉花？」

「這樣做出來的棉被才會鬆，蓋起來才會溫暖。」他笑著說：「等將來妳要出嫁時，阿伯打一條棉被給妳當嫁妝。」

本來以為只是一句玩笑話，但後來我出嫁時，媽媽真的向隔壁的徐老闆買了一條棉被給我當嫁妝。那條棉被蓋了二、三十年，還是非常溫暖。

打棉花只是製作棉被的第一步而已，接下來要上紗線，這時老闆娘就會過來幫忙——她的身高比老闆高一點，但是非常瘦，平常很少說話。

紗線非常細，我站在店外看，連紗線在哪裡都看不清楚，但是徐老闆和老闆娘兩人卻能以飛快速度交換手中紗線。兩人繞著木床走，不停交換手中紗線，不久之後，棉花上就布滿交錯的紗線，把棉花包裹在裡面，棉被也已經成形。這些紗線大多是白線，但有少數幾條是紅線，徐老闆說紅線是商標，每間棉被店都利用紅線排列出特殊圖案。

「如果客人拿著棉被回來要求重打——好的棉被可以蓋二、三十年，棉花漸漸緊實，不燒（保暖）之後，只要拿回來，我重新打過，讓棉花恢復蓬鬆，又可以再蓋幾十年——我只要看紅紗線的圖案，就知道是不是我打的棉被。」

我出嫁時帶的那條棉被，在蓋了二十幾年無法再保暖之後，卻沒有拿回去給徐老闆重打，因為那時他已經退休，不再打棉被了。

徐老闆一大早就打棉被，到了中午會休息。老闆娘和媽媽一樣，會抽空在亭仔跤煮飯和炒菜。午餐時，他們把棉花撥開一角，飯菜就放在木床上。吃完飯，用抹布把木床擦乾淨，又開始工作。

除非是趕工，否則徐老闆都會在晚餐前結束工作，把木床收拾乾淨，因為他們的兒女快要下班回家了。

白天打棉花的木床，到了黃昏，搖身一變，成為全家人的餐桌。晚上，全家人又爬上木床睡覺。

棉被店隔壁是金紙店，店裡擺滿販售的金紙、銀紙和香。因為在廟旁邊，所以生意很好。亭仔跤也是他們的加工廠，一大疊黃澄澄粗糙的全開紙張，用鍘刀切成小張，抹上紅色顏料再蓋章，就成為天上通行的紙錢。我一邊看，一邊想，是誰給他們這麼大的權利，可以印天國的鈔票？

再過去就是祖師廟的露店（攤販），第一間是賣土豆仁（花生）湯的。「土豆」這兩個字不能拆開來講喔，只要說「ㄊㄨㄚˇ～仁湯」，你就

可以喝到香甜可口的花生湯。很多年之後，賣花生湯的老闆不在了，店面賣起冬瓜茶。我好不容易在萬華發現另一間賣花生湯的小店，特別帶孫子去品嘗，沒想到他喝完之後，淡淡的說：「妳只是懷念過去的日子而已！」

穿過露店的走道，就可以走進廟埕。多年以後，有一部電影叫《艋舺》，就是在這裡取景。

因為祖師廟離我家最近（其實我家就是向祖師廟租的），所以我最常到祖師廟玩。龍山寺、祖師廟和新興宮曾號稱艋舺的三大廟門。龍山寺是泉州三邑人的信仰中心，三邑人散布在舊街（現今的西園路）和番薯市一帶，占了淡水河航運之便，勢力最大，稱為「頂郊」。

艋舺地區另一個閩人族群是泉州同安人，主要聚集在八甲庄（現今的老松國小一帶），稱為「下郊」。泉州安溪人最晚到，只能在這兩大族群之間求生存，所以落腳在祖師廟一帶。

清代發生「頂下郊拚」時，三邑人為了進攻八甲庄，就騙取安溪人信任，使其同意借道祖師廟，讓三邑人焚毀祖師廟，把同安人趕到大稻埕。但是事後，三邑人食言，並沒有代為重建祖師廟，只捐了一對龍柱做為補償。從此，祖師廟和龍山寺之間有了芥蒂，像是我小時候，龍山寺的廟會遊

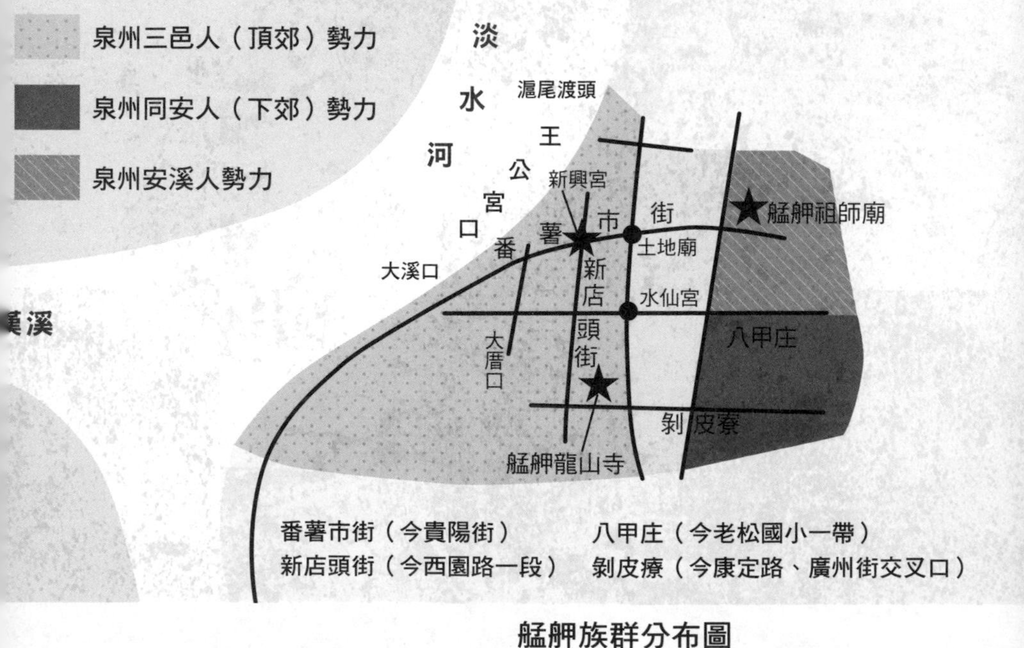

艋舺族群分布圖

街活動，就不會將祖師廟一帶劃入遊行路線。

我經常站在祖師廟廟埕中央，抬頭看前殿屋頂，有雙龍搶珠裝飾，色彩繁複精美。

我白天常常跑到這裡玩，廟前階梯兩側斜坡被我當成滑梯。走上臺階，兩側各有一根蟠龍柱；木門兩側還有抱柱石，上面刻了雲的圖案。我常常用手摩挲蟠龍柱和抱柱石，想不透石頭這樣硬，怎麼有人能雕出這麼細緻的花紋。許多香客也會摩挲龍柱，所以龍柱油油亮亮的。

廟兩側的牆壁上有磚雕圖案，那是一大片磚面，刻掉的部分塗上綠色的漆，沒刻掉的部分是紅磚，一面刻著美女，另一面刻著老翁。上面的人穿的衣服和我們不一樣，和日本人也不一樣。我問過媽媽，她說那是神仙。磚雕上有幾個字，可惜我不識字。

有一次，我用手指著磚雕問：「上面寫什麼？」

「我哪會知道？」媽媽搖搖頭，她也不識字。

我來到祖師廟這個家時，已經到了該上學的年紀。

我心裡非常擔心，因為大姐麗枝在讀完公學校之後才工作，但是二姐罔留就沒有上學。

公學校是給臺灣人讀的學校，日本人讀的叫小學校。

我的親生阿爸認為女生讀書沒有用，但因為麗枝是第一個女兒，他還算疼愛，有送她上學。至於罔留和我，他根本就不打算花錢送我們上學。

我從小就很佩服麗枝，因為她會說日本話、會寫字、會記帳，但是罔留什麼都不會，像前一年我們到頂坡角探望親生阿母時，麗枝就知道該怎麼走，該怎麼和日本警察溝通；回程時，她看我腳已經起水泡，還帶我們搭客運回到臺北。她只要看站牌上寫的字，就知道要怎麼搭車。罔留和麗枝相差沒幾歲，但是她什麼都不會，所以我下定決心，一定要上學。

這時，有個身穿白色長衫、身材瘦削、嘴歪一邊的中年人走進來，聽到我和媽媽的對話，就指著美女磚雕說：「這幅是麻姑獻壽，那幅是南極仙翁，左上角那幾個字寫的是『嘉慶丁丑年桐月吉旦』。」

他說的話，我沒有一句聽得懂。

但是媽媽回頭看看那人，恭敬叫了聲：「超明仙仔（老師之意）。」

超明仙仔笑著說：「文仔，這就是妳養的查某囝（女兒）罔市喔？」

「歹勢啦，囡仔人（小孩子）烏白問，你免睬伊（別理她）啦！」

「無囉！這廟內的文化就是要介紹給少年輩的知影（知道）。若無（不然），下一代都去拜日本天照大神了。」超明仙仔嚴肅的說。

媽媽笑了笑，點點頭，「也對！」

超明仙仔轉頭繼續對我說：「嘉慶是清國一位皇帝的年號。中國人用天干和地支記錄年代，總共有十個天干、十二個地支。因為輪完一次要六十年，很少有皇帝執政超過六十年，所以皇帝年號搭配天干地支就可以把年代表達得很清楚。嘉慶丁丑年是嘉慶二十二年，桐月就是三月，因為桃花和桐花都是三月開花，所以古早人稱三月為桃月和桐月。罔市，這樣妳聽得懂嗎？」

我搖搖頭，一個字也聽不懂。

超明仙仔摸摸我的頭，笑著說：「一下子講那麼多，莫怪妳聽無（聽不懂）。妳若想要學漢字，請妳爸爸和媽媽帶妳去我那兒學漢文。」

超明仙仔說完，就走進廟裡。

等他走了之後，我問媽媽：「伊是什麼人？」

媽媽說：「超明仙仔是漢文仙仔，真有學問。祖師廟的籤詩，大家若看無，都請他幫忙解說。他家裡開設書房（私塾），在教漢文。」

我一聽說可以上課，立刻扯著媽媽的袖子問：「那我可以去學漢文嗎？」

媽媽說：「那要花錢啊！我和妳爸爸參詳（商量）看看。」

吃晚餐時，媽媽告訴爸爸，我想到書房上課。

爸爸問我：「妳真的想讀書？」

我猛點頭。

爸爸嘆了一口氣，對媽媽說：「囡仔愛讀書，就乎伊讀，莫乎伊將來怨嘆！我去問問看要多少錢。我們兩個都不識字，這要問誰呢？」

媽媽想了想之後說：「找我小弟啟英問問看，他讀過公學校，現在又在會社（公司）做事，他可能比較清楚。」

「嗯！」爸爸對我說：「罔市，妳去找啟英阿舅過來，就說我找他喝酒聊天。」

阿舅在「艋舺信用組合」工作，這間公司後來變成第三信用合作社，戰爭結束多年之後，阿舅還擔任合作社經理，是社會上很有地位的人。不過，當年他只是個見習生，晚上要留守在公司。那時公司的位置在元園町（現今的長沙街二段），就在祖師廟右前方，我很快就跑去請他過來。

媽媽也幫阿舅準備好碗筷和酒杯。

爸爸先幫阿舅倒酒，接著向他說明情形，問他進書房讀書要多少錢。

阿舅說：「沒有一定收費標準，看學生家長財力而定。不過名目很多，束脩之外還有贄儀、節儀。束脩就是學費，贄儀就是見面禮，節儀就是逢年過節要送敬師金。」

爸爸皺著眉頭，「這麼麻煩？那我怎麼知道要準備多少錢才夠？」

阿舅說：「超明仙仔除了開書房之外，還經營茶行，不缺錢用，他不會跟學生計較學費繳多少啦！」

「話是這麼說沒錯，不過如果送的錢太少，看在他們好額人（有錢人）眼中，豈不是被當成笑話？」爸爸另有一種苦惱，「何況，如果跟別的學生相比，送的錢差太多，也不好。」

阿舅笑著說：「我看，你乾脆送她去公學校好了。超明仙仔自己的查某囝也是讀公學校，畢業後再去讀師範學校。」

爸爸也覺得好笑，「他自己開書房，結果女兒送去讀公學校？為什麼不留在家裡上課就好？」

「超明仙仔的說法是，他女兒在家裡已經學好漢文，所以送到公學校讀書，學習國語（日文）。不過真正的原因是讀漢文找不到工作，到公學校讀國語才能找到好工作。他的查某囝從師範學校畢業後，目前在龍山公學校（現今的龍山國小）當老師。他們家一向都是書香門第，當然以女兒能當老師為榮。咱臺灣人只有當醫生和老師最有地位了。」

這話說得有理，這兩種職業的人，常會被大家尊稱為「仙仔」。

媽媽插嘴問：「他的查某囝如果留在書房當老師，也是人人敬重的行業啊！」

阿舅搖搖頭說：「哎喲！妳不知道啦！因為好額人或書香門第的士人，很重視子女的漢文程度，就算公學校放學了，那些孩子也要再進書房讀漢文，所以書房能一直存在。日本人在統治臺灣初期，把書房納入管理，同時在公學校增加漢文課程，以吸引學生；到了日本人的政權穩固後，就把公學校的漢文改成隨意科（選修）。那些富裕家庭當然反彈很大，一時之間，進書房學習的子弟反而增多，不過，日本人規定書房同時要上國語課，如此一來，書房和公學校差別不大，只是公學校的替代品罷了。四年前，也就是昭和十二年，日本人把公學校的漢文科完全廢除，漢文書房也遭到查禁。」

「查禁？這麼說，超明仙仔的書房是偷偷收學生囉？」媽媽問。

「是啊！他自己也是總督府國語學校畢業的，日本話說得好，又當過《臺灣日日新報》漢文部記者，和警察關係良好，所以警察對他招收學生的事睜一眼、閉一眼。」阿舅說。

媽媽又問：「為什麼日本人要突然查禁書房？」

「傳統書房通常有祭孔儀式，或設有孔子公的牌位，至少也會貼紅紙拜魁星，這是非常純粹的中國式儒教教育。但昭和十二年時，日本和中國發生戰爭，日本人急著把臺灣人全部變成日本人，當然不希望有書房存在。」阿舅搖搖頭。

「說了半天，你還沒告訴我，如果讀公學校，要繳多少學費？」爸爸問。

「公學校的授業料（學費）每年大約要一圓到二圓……各地區各年級都不太相同。」阿舅說。

「嗯，大約是我兩、三天的工錢。」爸爸盤算著，「還可以，就讓罔市去讀公學校吧！」

媽媽說：「離我們這裡最近的是『壽尋常小學校』（現今的西門國小）……」

阿舅笑著說：「罔市又不是日本人，不能念小學校啦！雖然日本人已經把小學校和公學校統統改名為國民學校，壽尋常小學校今年起改名為壽國民學校，但是課表還是分為第一、第二、第三號課表。第一號課表是給日本人或國語家庭的小孩使用，上課內容就是原本小學校的課程，換句話說，小學校改名以後，使用第一號課表；第二號課表是給不常使用國語（日語）的囡仔使用，所以原來的公學校改名後，使用第二號課表；第三號課表是給番人的囡仔使用。所以改名後，表面上好像日本人和臺灣人都一樣讀國民學校，但那只是騙人的啦！我們普通的臺灣囡仔還是只能念以前的公學校啦！我看罔市去念龍山公學校好了……喔，現在叫龍山國民學校。」

爸爸媽媽一向聽從阿舅的意見，所以就這麼決定送我到龍山國民學校。我什麼都不懂，只要可以讀書識字就好，上書房、上公學校或上小學校，我都沒意見。

事情敲定了，阿舅和爸爸繼續喝酒聊天。

阿舅說：「罔市要是能去念小學校就好了，小學校的授業料大約只有公學校的四分之一！」

爸爸忿忿不平的說：「什麼？在工廠裡，做同樣的工作，日本人的薪水大約是臺灣人的兩倍，為什麼他們子女讀書的學費，反而比我們少？」

「那有什麼辦法？」阿舅搖頭嘆息，「政府是他們開的呀！」

我可不管大人有什麼不滿，對我來說，最重要的是我可以上學了。

我一生都感謝爸爸和媽媽，即使我是女生，而且不是他們親生的，在那個年代他們仍然願意省吃儉用，讓我上學。

兩年之後（一九四三年），日本才在臺灣實施義務教育，但是戰爭隨即逼近臺灣，大家都無法好好讀書。我要不是搶先入學，可能終生都是文盲。

第五章　香杉芝

吳健尉從塑膠袋中取出在紅檜樹上摘下的嫩葉——經過一天一夜，矽膠已經把嫩葉中的水分吸乾了。嫩葉雖仍保持翠綠顏色，但是外形已經變得乾乾扁扁的，一般市面上販賣的乾燥花就是利用這種技術製造。

矽膠因為有很多細小孔隙，所以會吸水；矽膠中若添加一些氯化亞鈷，吸水之後還會由藍色變成紅色，因此許多市售餅乾或藥品，都會放入加了氯化亞鈷的矽膠當乾燥劑。餅乾碰到水分會變軟，變得不好吃；藥品碰到水分，容易潮解變質。不過有了這種乾燥劑，一方面可確保品質，另一方面消費者看顏色就可知道產品是否受潮。

現在吳健尉手中的矽膠，就是呈現紅色。他把紅色矽膠倒在一只小燒杯裡，再放入烘箱加熱；這些矽膠待會兒就會恢復成藍色，下次還可以再使用。

他接下來要為紅檜進行DNA條碼和DNA分子指紋分析。每種生物的細胞裡都有DNA，就植物而言，DNA主要存在於細胞核、粒線體和葉綠體中，因此吳健尉想對葉綠體內的DNA進行分析。DNA是由四種鹼基——鳥糞嘌呤（縮寫為G）、胸腺嘧啶（縮寫為T）、腺嘌呤（縮寫為A）、胞嘧啶（縮寫為C）——所組成的獨特密碼。

DNA是兩股纏繞在一起的螺旋，每一股上都有數千個鹼基，任一股上的鹼基必須與另一股上的另一個鹼基配對（G總是和C配成對，A總是和T配成對）。

吳健尉記得自己第一次讀到DNA是以這種方法鍵結時，為大自然的巧妙讚歎不已。如果第一股上的鹼基順序是CTGA，那麼第二股上的鹼基順序必定是GACT……

要進行複製時，兩股分開，各自做為模板，再製造出另一股；由於鹼基配對（G—C配對，A—T配對）的緣故，以第一股（CTGA）為模板製造出來的另一股，其鹼基順序必定是

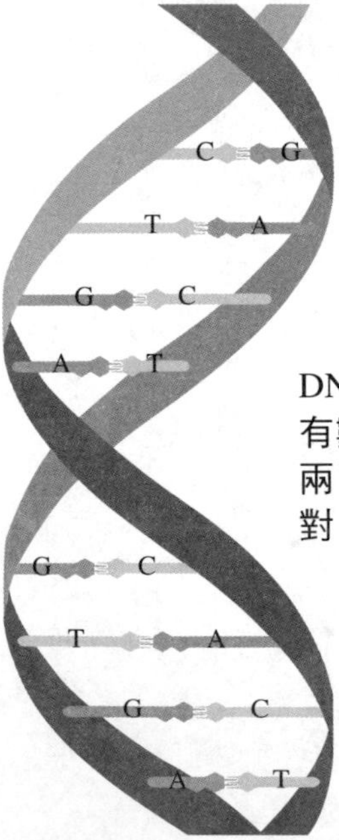

DNA呈螺旋狀，上面有數千個鹼基且總是兩兩配對，C和G配對，A和T配對。

GACT，換句話說，與原來的第二股一模一樣，而第二股也會複製出與原來第一股一模一樣的鹼基順序。這樣一來，就產生與原來一模一樣的兩個DNA分子。

對任何物種而言，鹼基的順序都是獨一無二的。因為鹼基順序會指導蛋白質合成，同一物種的樹木會有極為類似的密碼，包含 長串相同的鹼基對。

DNA條碼分析就是靠著比對特定基因區段的鹼基順序來鑑別物種。就動物而言，粒線體中的細胞色素C氧化酶I基因區段，被全球科學家選定為比對標準；就植物而言，目前以葉綠體的兩個基因區段，做為比對標準，不過大約只能鑑別出百分之七十的植物。

簡單來說，DNA條碼分析能鑑別出某塊木頭是否來自紅檜——樹瘤被盜伐取走之後，如果沒有立刻追回，通常會被雕刻成藝術品，到時已經面目全非，無法辨識這件藝術品是否用紅檜雕成，就必須靠DNA條碼分析才能確認。

不過，紅檜這麼多，怎麼證明其就是由尖石鄉那棵巨木上鋸下來的呢？這就必須仰賴植物DNA分子指紋分析。

就像人類的指紋比對一樣，植物的DNA分子指紋分析也可以鑑別個別植物——理論上來說，只要建立起植物DNA資料庫，未來如果逮捕到嫌犯，並且找到可疑藝術品，就可以比對是否由尖石鄉那棵紅檜巨木鋸下來的。對人和動物而言，這種DNA分子比對技術已經很成熟，但目前全世界還沒有靠木材DNA分子指紋分析將歹徒定罪的案例。

不過，既然理論上可行，吳健尉仍然願意嘗試。

他把取出的乾燥葉子用解剖刀切成許多小方塊，再把切好的葉片放在電子天平上，秤出質量。接著放入研缽後，加一點砂進去，用杵把葉片磨成細粉。

吳健尉取來一張濾紙，摺成漏斗狀，放在塑膠製微型離心管的管口，小心翼翼把磨好的粉末倒入管內，然後立即放入冷凍庫內。這樣才能保存DNA，避免降解（經一系列化學作用使複雜分子分解成簡單分子的過程，可能會使一些物質消失）。

接下來，要進入萃取階段。

因為有廠商提供現成套裝藥劑，所以整個過程不難。他取出冷凍樣本之後，加入藥劑，放在渦動裝置上，這樣一來，植物組織才不會堆積在一起；如果讓組織結塊的話，得到的DNA數量就會減少。接下來，把混合物放在烘箱中，以攝氏六十五度加熱三十分鐘，這段期間要不停緩慢旋轉與翻轉，藥劑會溶解細胞，也會分解不要的RNA。

吳健尉又添加數次藥劑，再以離心裝置處理之後，終於萃取出DNA。

他配製好瓊脂糖凝膠，接著把樣本混合藥劑，滴入凝膠，然後在凝膠通入電流三十分鐘。這叫作電泳，DNA分子帶電，會向其中一個電極移動。因為分子大小不同，在凝膠裡的移動速率也不同，所以各個分子就依大小不同分離開來。

由於凝膠裡事先加入會和DNA結合的染料，因此以紫外線燈照射時，可看到DNA的碎片。這時，就可使用紫外線掃描器掃描並拍照。

吳健尉忙完之後，便收拾器材。

這時，小隊長江景智匆匆走進實驗室，「健尉，立即出發！又發生山老鼠盜伐林木案件！」

「啊！又來了？發生在哪裡？」

「這次在八仙山八四林班地。」

八仙山位於臺中市和平區，管理單位為林務局東勢林區管理處。八四林班地在雪霸自然保護區內，這區發生破壞自然環境的刑事案件，調查工作仍然屬於江景智小隊的責任。

吳健尉不敢怠慢，急忙提著蒐證工具箱出發。江景智指定這次任務由林世佑開車，經由山路，直奔八仙山。

林務局將轄管事業區劃分為八個林區：羅東、新竹、東勢、南投、嘉義、屏東、臺東和花蓮林區。東勢林管處又轄有大安溪、八仙山和大甲溪等事業區，每個事業區又分成好幾個林班。

通往八仙山和通往谷關的路是同一條，只是要提早轉彎罷了。

山路旁難得出現一間便利商店，江景智下令停車，「等一下沒有時間吃飯，每個人都進去買點食物當午餐。」

吳健尉買了一顆三角飯糰和一瓶礦泉水。自從來到這支小隊，他經常就是這樣隨便打發一餐。

他們的車子駛進八仙山國家森林遊樂區的紅色梯形拱門，因為是警車，收費亭員工知道是因公前來辦案的警察，立刻揮手讓他們進去。

他們把車子停在第一停車場，停車場的一邊是遊客中心，另一邊是餐廳，餐廳後方是八仙山莊和提供遊客住宿的小木屋。今天不是假日，餐廳冷冷清清，園區裡也沒有住宿的遊客。

從遊客中心走出一名巡山員，皮膚黝黑，綁著頭巾，身穿黑色T恤，肩上背著背包。他開口問：「從這裡到登山口要走半個小時，走到盜伐地點又要兩個小時，來回就要五個小時，你們要不要吃點東西再出發？」

小隊長江景智搖搖頭，「不用了，我們帶了乾糧，爭取時間，現在就

走吧！」

於是他們穿過小木屋區，拾階而上。

八仙山曾經是臺灣三大林場之一（另外兩個是阿里山林場和太平山林場），源起於日治時代臺灣第五任總督——佐久間左馬太發現八仙山林區資源豐富，值得開發。

最早八仙山林區屬阿里山作業所管轄，一九一四年阿里山作業所技師綱島正吉前往八仙山進行調查，並且曾經比較八仙山與阿里山林業資源。他認為八仙山林木雖然比阿里山少，但木質卻勝過阿里山，加上鄰近大安溪與大甲溪，運輸相當便利，如果日本政府經營八仙山林場，開發利益應大於阿里山林場。因此，八仙山林區於一九一五年脫離阿里山作業所，直屬營林局。

一九三七年中日戰爭爆發，日本政府對於木材需求大量增加。

一九四二年八仙山伐木事業改由臺灣拓殖株式會社（簡稱臺拓）接管，臺拓公司為了取得大量木材，日以繼夜砍伐林木，使得一九四三年八仙山林木產量達到高峰，搬出材積達四萬三千立方公尺，但也正因過度砍伐，造成資源枯竭，八仙山林業從此由盛轉衰。

那名黝黑巡山員一邊走，一邊自我介紹，「我叫索豹・帕炎（Sobaw Payan），請多多指教。」

因為臺灣的統治者一再變更，原住民的姓名也被迫隨著統治者的更替而變換。

日治時代，原住民被迫改為和姓（日本姓氏），二次大戰結束之後，又被迫改為漢姓，直到一九九五年內政部才同意原住民可以改回族名。

不過根據統計，截至二〇一六年為止，只有大約百分之五的原住民提出申請。不申請的原因，可能是怕麻煩，畢竟學歷、證件等都要跟著更改，就連買一張機票也會因為姓名格式不符，而耗費很多時間。有些人則是怕被人知道自己的原住民身分，而遭到歧視，因此不敢改回族名。然而眼前這位巡山員，顯然以自己的族名為榮。

江景智問：「您是哪一族的朋友？」

「我是住在裡冷部落的泰雅族原住民。」索豹・帕炎說。

吳健尉驚訝的問：「我一直以為泰雅族分布以北部為主，我知道新北市烏來區、新店區和桃園市復興區的原住民多半都是泰雅族，沒想到臺中市也有。」

索豹・帕炎點點頭，「沒錯，泰雅族是臺灣原住民中分布最廣的，從南投縣、花蓮縣沿著中央山脈往北，經雪山山脈到烏來區，都有泰雅族分布。太魯閣族和賽德克族也與我們有共同起源——清朝時期，因為這些族群都有黥面習俗，漢人都稱我們為『黥面番』，加上大多分布在北部山區，又稱為『北番』。日本人來了之後，對臺灣原住民進行調查研究，才有了族名，通常以各族群語言中的『人』做為族名。一九一一年日本總督府用Atayal一詞來形容此一龐大族群，才有了泰雅族這個名稱。Atayal在我們的語言中，就是『人』或『勇敢的人』。」

對於原住民族的分布，江景智似乎很熟悉，他點點頭，「裡冷部落？離這裡很近啊！幸好有你們這群原住民朋友願意幫忙，否則巡山員的工作這麼辛苦，不是一般人做得來的。」

索豹．帕炎回道：「八仙山是我們泰雅族的聖山，我每天巡視山區，就是在保護聖山，不覺得辛苦。」

吳健尉也對巡山員的工作很有興趣，因為他有一位森林系同學也是巡山員。巡山員的正式名稱為「森林護管員」，他聽那位同學說，巡山員的薪水很低，只有兩、三萬元，但是工作辛苦又繁雜，包括查緝盜伐、搶救森林火災、育苗造林、森林巡視調查等。

他同學的工作就是栽種樹苗，再移植到森林裡，並非負責巡山。真正要巡山的護管員，每人要巡視的森林面積，可能高達兩千公頃。有時一入山巡視，就需要五到七天才能出來，沿途路況險惡，又有猛獸出沒，有時剛好遇到山老鼠正在盜伐，還有生命危險。

因此很多巡山員身上滿布傷痕，說起驚險遭遇，幾天幾夜都講不完。

可惜吳健尉現在沒有閒情逸致聽故事，他只想多打聽一些這件盜伐案的線索，「請您說明一下這件盜伐案的概況。」

吳健尉想知道這次盜伐的是什麼樹種？什麼部位？是木材？還是樹瘤？

索豹・帕炎說：「這次被盜採的是香杉芝。」

香杉又叫巒大杉，是臺灣固有樹種，因為木材有香氣，所以稱為香杉。

香杉芝生長在腐朽的香杉樹幹上，其子實體的外表形態與顏色，都與牛樟芝非常類似，因此牛樟芝價格高漲時，就會有山老鼠盜採香杉芝，混充牛樟芝販賣。

摘取香杉芝固然不應該，更可惡的是，他們偷香杉芝的目的，是為了偽裝成牛樟芝販賣。偷竊和詐欺都是犯法行為，為了詐欺而偷竊，更是罪加一等。

牛樟芝是一種昂貴的藥用真菌，和它的宿主牛樟樹一樣都是臺灣特有種。實驗證明，牛樟芝富含多醣體和三萜類。

所謂多醣體，其實就是多醣，聽起來沒什麼了不起，因為澱粉也是多醣，吃多令人發胖，現代人避之唯恐不及。不過，牛樟芝所含的多醣體是β-葡聚糖。凡是由β-葡萄糖聚合而成的多醣，就稱為β-葡聚糖，穀物、細菌和真菌的細胞壁都含有β-葡聚糖。

不同來源的β-葡聚糖，有不同的功能。纖維素是1→4 β-葡聚糖（使用第一個和第四個碳原子與另一個β-葡萄糖連接），燕麥和真菌的細胞壁則含1→3 β-葡聚糖（使用第一個和第三個碳原子與另一個β-葡萄糖連接），有降低血中低密度膽固醇的功效。電視廣告中不斷鼓吹吃燕麥降膽固醇，就是基於這個道理。

三萜類通常由六個異戊二烯串在一起形成，分子式為 $C_{30}H_{48}$。動物、植物和真

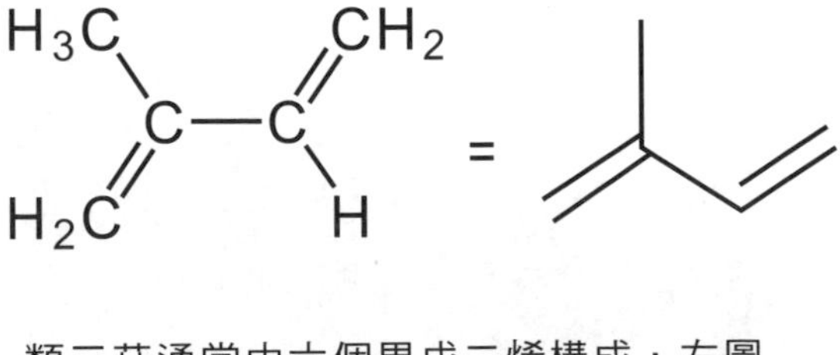

類三萜通常由六個異戊二烯構成，左圖為異戊二烯分子結構，右圖為簡化後的表示方式。

菌體內都會製造三萜類，但如果三萜結構中含有碳和氫以外的原子，嚴格來說，應該稱為類三萜。

類三萜也可以看成是由六個異戊二烯所構成。凡是由一個或多個異戊二烯單元頭尾相接形成的鏈狀或環狀化合物，統稱為萜類。萜類是一大類有機化合物，存在於大自然中，許多植物和昆蟲體內都有萜類。

牛樟芝體內真正有用的化學成分是類三萜，這也是牛樟芝萃取液的苦味來源。類三萜有抑制癌細胞生長、抑制組織胺釋放、抗過敏、促進肝功能、防止血小板凝集及降血脂等功能。一般靈芝中含有二十至五十種的類三萜，被視為保健聖品，而牛樟芝中則含有三百多種的類三萜。

類三萜種類愈多，愈有醫療價值，難怪牛樟芝身價不菲，香杉芝也跟著水漲船高，價格最好時曾賣到每兩約一、兩萬元，雖然只有牛樟芝價格的四分之一，但已經貴得離譜。牛樟芝身價高，害得香杉跟著受害，持續遭到砍伐。

不過，已故的林杰樑醫師在二〇一三年揭露牛樟芝會傷害肝腎——這本來是經濟部委託生技中心所做的研究，打算利用牛樟芝製成肺癌藥物，但在動物實驗中，老鼠出現腎上腺腫大，並可能對肝臟和卵巢造成毒害。可是經濟部不願證實林醫師的說法，生技中心也對外表示，發現大量使用劑量會產生異常現象，但這只是一次實驗，不能做為牛樟芝有毒的解釋或結論。

想到這一點，吳健尉忍不住嘆氣，某些實驗為求快速看到結果，會放大劑量，因而得到荒謬結果。

他讀過一些研究報告，餵給老鼠吃的劑量是每公斤體重食用三公克牛樟芝，若換算成體重六十公斤的成年人類，等於一天要吃一百八十公克——以目前市面上的健康食品來看，平均每顆膠囊大約是數十到數百毫克，這種實驗劑量等於是要人一天吃數百到數千顆膠囊，不產生毒性才怪。

這種高劑量的實驗結果未必能否定牛樟芝的醫藥用途，可是如果使用正常劑量，實驗又曠日廢時，這是藥物研究的困境之一。

另一方面，許多廠商看中牛樟芝的醫療潛力，紛紛投入上億元資本，變成只許成功，不許失敗。所以萬一產生不利的結果，恐怕也會想要掩蓋事實真相。

牛樟芝是不是有毒，一般民眾也搞不清楚，不過經過新聞報導，牛樟芝熱潮消退，價格崩跌，盜採香杉芝的案件也就變少了。林杰樑醫師未必揭發醫藥界黑幕，但是他的確救了香杉。

香杉芝是臺灣特有多孔菌科真菌，不但外形與牛樟芝相似，化學成分也很類似，兩者有許多共同的類三萜，也各自有其獨特的類三萜。例如香杉芝含有樟芝酸M及樟芝酸甲酯K，這兩種類三萜是牛樟芝沒有的。鑑識人員如果要區別是真的牛樟芝，還是香杉芝假冒的牛樟芝，只要化驗有沒有這兩種成分就知道了。

諷刺的是，樟芝酸M有抗老化效果，樟芝酸甲酯K能調節白血球的免疫能力，因此整體來說，香杉芝的抗發炎效果比牛樟芝好，毒性也比牛樟芝小，即便使用前述每公斤體重三公克的高劑量，以香杉芝餵食老鼠二十八天，也沒有發現毒性症狀。換句話說，香杉芝本身就有醫藥潛力，毒性又小，何必假冒牛樟芝？難道因此價格又上漲，才發生這次盜採香杉芝案件？

巡山員和森林警察都是走慣山路的人，他們很快就來到登山口。

索豹・帕炎警告他們：「接下來的路就沒那麼好走了。」

「當然！」大家心裡有數，盜伐事件一定是發生在深山裡人煙罕至的地方。

走沒幾步，眼尖的吳健尉就發現草叢裡有一個L形小容器，瓶身是藍色，有一把黑色短柄，長的那頭末端為銀白色金屬，容器標籤為白底方框，裡面寫了幾個藍色英文字。

因為銀白色金屬在陽光照射下閃著光芒，所以引起吳健尉的注意。他走過去仔細一瞧，那幾個英文字是藥物的商標名——嗯，這是氣喘患者使用的吸入型噴劑。

雖然他曾聽說氣喘患者藉由爬山改善健康的案例，但那通常是爬爬近郊小丘陵。一個氣喘患者會挑戰八仙山這麼困難的登山路線，實在罕見。

這裡是山區，有許多蟲蟻鳥獸出沒，這個噴劑還能閃閃發亮，可見被人丟棄沒多久，加上使用這種噴劑時，黑色短柄放入嘴裡，手抓著長柄，按下銀白色按鈕，就可以把支氣管擴張藥劑噴進嘴裡——吳健尉戴上橡皮手套，把噴劑放進塑膠袋裡。

他心裡抱著一絲希望，如果這個噴劑真的是山老鼠丟棄，那麼從按鈕上應該可以採集到指紋，從噴嘴上可以採集到唾液裡的DNA。

其他人都不敢出聲，站在一旁看著吳健尉完成蒐證工作。

等到吳健尉把證物放在背包裡，索豹・帕炎才問：「好了嗎？」

「嗯！」吳健尉點點頭。

於是由索豹・帕炎領頭，其他人緊跟在後，往被盜採的香杉位置前進。

沿路還是有石階，但有些階梯被橫躺枯木擋住，有些雜草蔓生，看不到路徑。他們只能跟著索豹・帕炎的腳步走。

卓峻瑋跟在吳健尉後面，問道：「為什麼你會懷疑這個噴劑是山老鼠丟棄的？患有氣喘病的人，無法從事盜伐這個行業啦！」

吳健尉說：「這個噴劑被丟棄的位置在登山口，還未進入登山步道，只能說在森林遊樂區外緣。患有氣喘病的人若開車到停車場，再走個半小時，就能抵達這裡，我認為不會太困難。換句話說，這個氣喘患者根本還沒開始登山。」

「你的意思是，他只是來接應的？」卓峻瑋沉吟許久，「為什麼要那麼麻煩？」

「砍伐香杉要攜帶鏈鋸，進入森林遊樂區必然會被發覺，所以我猜盜伐者應該是由另一條難走的山路上來……」

索豹・帕炎雖然走在最前面領路，但聽到他們的對話，忍不住打岔道：「確實有其他路徑可以進入八仙山登山步道，無論是從松鶴部落或裡冷部落出發，都有可以不經過森林遊樂區收費站，就直攻八仙山山頂的路線，這也是很多山友會選擇的路徑。」

吳健尉見自己的推論有了根據，就繼續說下去，「攜帶鏈鋸的人，由偏僻路徑直攻山頂，比較不會引人注目；而接應的人，在登山口等候，一手交錢，一手交貨。由於盜採的是菇類，重量輕，體積小，可以放進背包，走回森林遊樂區停車場開車離開，而不會被人發現。攜帶鏈鋸的人仍然由偏僻路徑離開，一方面避人耳目，一方面銀貨兩訖，雙方不必再碰面，這種做案手法也增加警方辦案困難。」

「既然這樣，我們只要追查這幾天森林遊樂區的訪客，就可以找出這個收購香杉芝的人嗎？」江景智覺得有希望破案。

索豹・帕炎轉過頭說：「八仙山森林遊樂區每天平均有四百多名遊客，我從被鋸斷的樹木判斷，盜採案是這一、兩天之內發生。不過，光是最近三天，也有一千多名遊客，追查起來可不是一件輕鬆的事。」

林世佑問：「森林遊樂區裡沒有監視錄影器嗎？」

索豹・帕炎回答：「只有門口收費站才有。」

林世佑點點頭說：「等一下離開前，我去調閱這幾天的監視畫面。」

他們幾個人都是登山老手，即使必須跨越重重險阻，仍然在短短兩個小時後抵達盜伐地點。

江景智感到好奇，「這麼偏僻的地方，你是怎麼發現有香杉被盜伐？」

索豹・帕炎說：「我負責巡邏的地區非常遼闊，必須花費好幾天才能巡視完一輪。不過，香杉會被稱為香杉，是因為它會發出香味，剛遭到砍伐的香杉，氣味更濃烈。我昨天巡視時經過附近，聞到香味，循著氣味一路找上來，就發現這幅景象。」

眼前數棵參天大樹，有的被人用鏈鋸在樹幹挖了一個四四方方大洞，有的則被砍倒，景況慘不忍睹。

索豹・帕炎指著樹幹上的大洞說：「盜採集團把樹鋸開一個大洞後，將手電筒伸進洞內探照，如果有香杉芝在裡面，就會反射亮晶晶的光點，這些山老鼠知道裡面有香杉芝，便會把它挖走。有時，他們連挖洞都嫌麻煩，就直接把樹鋸倒，再來找香杉芝。反正用鏈鋸把樹鋸倒，比挖洞還省汽油。」

吳健尉搖搖頭，有些人為了錢，什麼事都做得出來，但是他不會因為個人情緒而影響偵查工作，所以急忙展開蒐證。和上次相同，他又在樹木附近找到鞋印和鏈鋸壓痕，便使用相同方法採模。

默默工作的他，看著香杉身上的傷口，心中抱著必定要破案的決心。

第六章　上學

昭和十六年（一九四一年），我終於可以上學了。

開學第一天，爸爸要上班時，順便帶著我走到龍山國民學校門口。校門口站了一排穿黑色官服、戴軍帽的人，他們腰間還佩了長刀。我嚇壞了，停下腳步，不敢走進校門，也開始後悔要求上學的決定。

爸爸拍拍我的肩膀，笑著說：「不要怕，那些人是老師和校長。」

在爸爸鼓勵下，我鼓起勇氣，走進校園。後來我才知道，老師們也不是每天都穿官服，只有在重要慶典時才穿（如開學典禮）。平時老師們還是有制服，但是沒那麼正式，不帶劍，也不佩肩章。

站在老師們後面，還有一位配件特別多，腳也打著綁腿的日本人，他就是校長。他站在川堂監督每個學生進入校園後，有沒有向日本天皇肖像行禮。

龍山國民學校本來是公學校，也就是臺灣人小孩念書的地方，裡面大多數是窮人家小孩，只有少數家境好一點的小孩也來念公學校。

窮人家的小孩都不用穿制

服，而且大多數人是打赤腳走到學校，只有少數有錢人的小孩穿鞋。可是他們也很寶貝那雙鞋，遇到下雨就捨不得穿，把鞋子包起來，打赤腳回家。

我進入校門後，不知該往哪裡走。有一些高年級學生正招呼低年級學生，但他們說的是日本話，我一句也聽不懂。而且這些高年級學生口氣很凶，像是在罵人，我也不敢問他們教室在哪裡。

幸好這時候，有一位穿著白色上衣、黑色百褶裙的女老師走過來，拉拉我的袖子。她彎下腰，附在我的耳朵旁邊說：「罔市，跟我來。」

我這才認出來，原來是超明仙仔的女兒——張老師。爸爸聽從阿舅的建議，決定送我進龍山國民學校讀書後，便帶著我去超明仙仔的家請教他的女兒。關於怎麼辦理入學、怎麼繳交授業料、有哪些規定要遵守等，都事先問好了。

當時，張老師就曾對我說：「罔市，在學校不准說臺灣話，一律要說國語喔！」

我皺著眉頭說：「那怎麼辦？我不會說日本話。」

「進學校後，妳要認真學，趕快學會國語。我爸爸說妳很聰明，沒問題的。」她看我憂心忡忡，就安慰我說：「別怕，我會跟校方講，把妳編在我的班上，該做什麼，我會教妳。」

現在能在學校裡見到張老師，我就安心了。我高興的叫了聲：「老師！」

張老師搖搖頭，對我說了一串日本話，我才想起，在學校不可以說臺灣話，於是急忙回答：「嗨！先生（日語「是的，老師」之意）。」

張老師笑了，揮手要我跟著她進教室。

不久，音樂響起，老師就要我們跟著她到操場參加開學典禮。校長嘰哩呱啦講了一堆，教諭（主任）也嘰哩呱啦講了一堆，我都聽不懂。升完日本國旗後，還要遙拜天皇居住的地方，遙拜皇大神宮。

據說皇大神宮是日本伊勢市的神宮之一，主神是天照大神，也就是日本天皇的始祖。皇大神宮每年會發行一種類似符咒的神札，稱為神宮大麻。日本政府要求家家戶戶要把神宮大麻放在神棚（形狀類似臺灣人的神主牌）裡，擺放在神明桌中央。

我在祖師廟的家沒有擺，因為爸爸說他一個人從大陸來到臺灣，沒帶神主牌出來，所以不必拜。但是我在鐵支路旁的那個家本來就有神主牌，因此必須把祖先牌位挪到一旁，空出中間的位置擺放神宮大麻。

開學典禮結束，張老師帶我們回教室，開始上課。

我們班有三十七個同學，班上一些有錢人家的小孩早就會講日本話，有些人甚至有日本名字。但是也有些人和我一樣不會講日本話，張老師就開始教我們講日本話，從五十音教起。

因為不能講臺灣話，為了解釋一個日本字的意思，張老師就要拿實物或圖板給我們看，例如：教「はな」這個詞，老師就會拿出她的圖板，上面畫了一朵花，讓我們明白這個詞是「花」的意思，然後她的嘴巴發出「hana」的音，要我們跟著念，這樣我們就知道「花」在日本話的發音是「hana」。

接著，老師要我們把今天所學的日本字寫在本子上，她會檢查。利用這個方法，我第一天就學會很多日本字。

那天放學回家，媽媽問我：「學校好玩嗎？」

我念了很多日本字給她聽，媽媽說她聽不懂，不過笑得很開心。

自從領養我之後沒多久，媽媽就懷孕了。鄰居都笑我，不該叫「罔市」，應該改名叫「招弟」。現在媽媽大腹便便，走路不方便，很少陪我到祖師廟玩，我都自己去。

我經常在祖師廟碰到超明仙仔，他知道我上國民學校，沒去他的書房上課，好像也不生氣。他常常跟我講廟中壁畫和雕刻所描繪的故事，我都聽得津津有味。等到下一次再碰到超明仙仔時，他還會要求我把故事說一遍給他聽。我幾乎可以一字不漏的說一遍，他總是笑著點點頭，非常滿意。

他說：「罔市，我們雖然不得不學日本話，但是只要學習他們的衛生習慣和認真嚴謹的態度就好，不要忘了我們自己祖先流傳下來的文字和歷史。」

廟裡的故事說完之後，超明仙仔開始教我背詩。他還說有一個很有名的藝旦，叫「小罔市」，很會寫詩。

雖然我不認識漢字，但是我覺得詩比故事更容易記住，因為念起來很好聽，超明仙仔說那叫押韻。有時，他會把他自己寫的詩念給我聽，不知怎的，我就覺得古時候的詩比較好聽、好記，超明仙仔寫的詩比較不好聽，也不好記。

有時候超明仙仔當場吟出一首詩，就立刻磨墨，用毛筆寫在紙上，簽名蓋章後，說是要拿給「吟友」（他們詩社裡的朋友）看，還要參加《詩報》徵詩比賽。

我覺得毛筆很有趣，超明仙仔就要我寫寫看。他先教我怎麼握筆，我還不會寫漢字，就用毛筆寫剛學會的日本字。寫完後，他看著我寫的字，皺著眉搖搖頭，接著看著我的臉哈哈大笑，要我去洗臉。

我在洗手臺前，看著鏡子裡自己的臉，原來沾到墨汁，變成小花臉了。

那次徵詩活動，因為徵到的詩作太少，所以一再延後截稿日期。超明仙仔顯得意興闌珊，他寫詩的次數也愈來愈少，據他所說，很多吟友也都不再寫詩了。

我們在學校裡的課程分為修身、國語和算數等科目，但是國語課最多，超過一半以上的時間都在學習國語，所以我的日本話進步很快。有時候學校舉辦唱歌和跳舞比賽，老師也會抽出時間教我們唱日本歌和跳日本舞。

我們平常在家裡都不會唱這些歌，也不會跳這種舞。媽媽在家裡最愛哼的是〈青春嶺〉、〈月夜愁〉和〈阮不知啦〉這些臺語歌。

我們低年級只要讀半天，中午放學後，下午教室就會空出來給二年級用。

上學一段時間後，我對學校環境愈來愈熟悉。學校裡大部分老師是日本人，對學生很凶，會用木劍打學生，不過通常是打高年級學生。我有時候經過高年級教室，看見老師在打人，都會覺得害怕。

校長經常在校園裡巡視，見到學生打掃不乾淨就會罵人，有時還把老師叫過來罵。但是我發現他比較喜歡罵臺灣老師，對日本老師比較客氣。

除了上課，學校裡還有各種比賽，例如：跳舞比賽和運動會。

跳舞比賽那天，學校發和服給我們穿，但是比賽一結束就收回去。這是我第一次，也是唯一一次穿和服，大家都覺得很新奇、很興奮。

運動會的時候，校長則穿上白色官服，其餘老師也穿上白色短袖上衣和運動鞋，每個人都精神抖擻。

學校邀請一些家長代表參加賽跑，家長們有男有女，有的年老，有的年輕，服裝和打扮各不相同。他們在起跑線一起出發，但是跑速快慢差很多，我們學生看得哈哈大笑。

最後輪到我們學生的接力賽，每個人都用一條白色布條綁著頭，穿著白上衣、黑短褲。大部分的人都打赤腳，槍聲一響，就拚命往前跑，下一棒也依老師教的方法接棒繼續跑。我平常就跑得很快，被張老師指定跑最後一棒，結果我們班得到一年級第一名，張老師要我代表全班上臺領獎。

頒獎後，各年級第一名代表以及老師，都和校長一起合照。校長坐在前排椅子上，高年級班的日本老師坐在校長旁邊，學生站在後排椅子上，而張老師就站在我身旁。

那個時代，照相是一件非常重大的事情，所以我覺得非常光榮。那也是我在龍山國民學校唯一一次照相，可惜照片並沒有發給學生，而是貼在布告欄讓學生觀看，後來就被收走了。

我和班上同學愈來愈熟識後，開始有人邀我到他們家玩。

第一個和我很要好的同學是陳銀珠，不過後來她爸爸為了申請國語家

庭，全家就改姓穎川。這種改姓的方式很聰明，一方面仿照日本姓氏，另一方面則保留了原本漢人姓氏的堂號（中國古代標明姓氏發源地的稱號，像是穎川一地的陳氏宗族就很有名）。

陳銀珠家住在番薯市街，是製作柴屐的，也就是木製拖鞋。很多人以為柴屐是日本人在穿，其實不正確，臺灣在清朝時代就有柴屐。日本人愛穿人字柴屐，鞋底有兩條木齒；臺灣人的柴屐，鞋底通常沒有木齒，而是弧形凹槽。柴屐上面有用棕毛做的橫條，也有用棉布做的鞋繩，後來大部分都改用塑膠橫條。

我去找陳銀珠時，常站在一旁看著她爸爸工作。陳爸爸坐在店裡用刀和木槌，一刀一刀刨出鞋底凹槽。因為店裡狹小，她媽媽就坐在店門口矮凳上，為刨好的柴屐釘上棕毛做的橫帶。

當時臺灣人幾乎人人都穿柴屐，尤其棕毛柴屐最適合下雨天穿，因為雨一停，棕毛就乾了。柴屐銷量大，他們店裡生意非常好，賺了不少錢，所以想申請國語家庭，提高社會地位。

銀珠媽媽規定她要幫忙做完店裡工作之後，才能出去玩，因此她總是在柴屐店跑進跑出，先把她爸爸刨好的鞋底搬到店外給媽媽，再把媽媽釘好的柴屐搬進店裡分門別類放好。

為了讓銀珠早一點陪我玩，我也會幫她。陳媽媽看我幫忙工作那麼久，通常會心軟，讓銀珠跟我出去玩。

銀珠會帶我到我沒去過的地方逛逛，例如：西門町。雖然祖師廟離西門町不遠，但是沒有人帶我去，我還不知道那裡這麼熱鬧。當時艋舺地區算是日本人比較多的地區，可是我在西門町見到的日本人更多，日本人的廟——西本願寺也在那附近。

我在西門町看到很多電影看板，但我從來沒看過電影——我是指真正有劇情的電影。我只看過學校播給我們看的電影，都是在宣導「大東亞共榮圈」的影片。

陳銀珠帶我到國際館（現今的萬年大樓）看電影海報，我真的好羨慕能買票進去看電影的有錢人。

最後陳銀珠帶我經過壽國民學校，也就是那所臺灣人不能就讀的學校，正好遇到日本小孩放學。他們每個都穿著整齊的制服，有幾個小女生還穿著和服，果然跟臺灣人的小孩子不同。

我們站在對街用羨慕的眼光看著日本小孩穿的漂亮制服，身旁有一群臺灣小孩走過。突然有一顆石頭扔進那群日本小孩之中，有個小女生發出慘叫聲，其餘日本小孩看見銀珠和我在旁邊看，以為我們就是扔石頭的人，立刻朝我們追過來，帶頭的男生嘴裡還罵著：「清國奴！」

我和銀珠嚇得一路狂奔，跑了很久，轉進番薯市街才甩開他們。因為番薯市街是日本人的風化區，日本人的小孩被教導不能進入這一區，所以他們不敢繼續追我們。

幾十年後，我先生過世，我一個人很寂寞，經常到處閒逛。有一天，我走到臺北二二八紀念公園，坐在水池邊發呆。同一張長凳的另一端，坐著另一名白髮老婦人在餵魚。

她餵她的魚，我發我的呆，兩人沒有交談。坐了很久之後，她轉頭用日本話對我說：「妳知道嗎？我童年時經常來這座公園，當時它叫『新公園』。」

原來她是日本人。

「是啊！我們老一輩的人仍然把它叫作新公園。」我回答。

她發現我會講流利的日本話，顯得非常高興，「啊！我真懷念在臺灣度過的童年，這次特地回到臺灣，就是要回味過去的時光。」

「每個人的童年都是美好而值得懷念的。」即使我的童年吃盡苦頭，但是那時候無病無痛、能跑能跳，無疑是人生中美好的一段。

她回頭指著背後的博物館說：「這棟建築當時叫『兒玉總督後藤民政長官紀念館』。」

兒玉源太郎是日本派駐臺灣的第四任總督，因為他任內還被派到中國大陸東北參加日俄戰爭，實際政務都是民政長官後藤新平負責，所以這棟建築就是為了紀念這兩人而興建。

我回答她說：「我們不可能保留這種名稱，這棟建築現在稱為『國立臺灣博物館』。」

她愧疚的說：「當然！當然！當時我們都被騙了，以為日本人最高級，臺灣人是次等人，還認為日本人對臺灣人這麼好，怎麼臺灣人都不領情，甚至要抗議？後來戰爭結束，回到國內，目睹日本被美軍占領，一方面才漸漸了解自己的國家是侵略者，另一方面也藉由自己國家被占領，體會到臺灣人當年的怨。老天總是用殘酷的方式，教導我們要用另一個角度看事情。」

「唉！我們不談這些不愉快的事。我看妳和我年紀差不多，我們來聊聊我們那個時代的共同回憶吧！」我提議道。

「好啊！那個時候，我爸爸在城內（現今的城中區）上班，我就讀壽尋常小學校……」

「真的嗎？」我非常驚訝，不禁想像她會是當年那個被石頭砸中的小女生嗎？還是生氣追逐著我和銀珠的眾多學生其中之一呢？

我一直都不知道該把日本人當成敵人或朋友看待。日本人確實是侵略者，以武力強占臺灣，而且統治期間歧視臺灣人，處處立下不平等規定；但是他們也把現代化觀念和建設帶到臺灣，沒有日本人的話，臺灣的現代化建設可能會延遲幾十年。和我同年齡的許多人——包括我自己——可能也沒有機會受教育。

就像眼前這名老婦人，在遙遠的年代，你可以將她歸類為殖民者一員，但是現在走近一看，其實也只是個有血有淚、經歷喜悅與辛酸、活生生的平凡人類而已。

我們一直聊到天黑才互道再見，沒有留下任何聯絡方式。我們心知肚明，兩個不同國家的八十幾歲老婦人，分手之後，不可能有再次見面的機會。

第七章　醉翁之意不在酒

吳健尉一行人由八仙山帶著蒐集的證物回到大隊部時，已經天黑了。

但是第二天一早，吳健尉立刻迫不及待進行分析。

令他震驚的是，香杉芝案的鞋印和鏈鋸壓痕都與樹瘤案一模一樣，他不禁叫了出來。

他急忙到隔壁小隊長辦公室，請江景智到實驗室一趟。

林世佑和卓峻瑋在一旁聽到，也跟著過來查看，「怎麼啦？」

吳健尉拿著兩起案件的鑄型給他們看，「兩個案子留下的鞋印和鏈鋸壓痕都一模一樣。」

「可能是同一個廠牌的雨鞋和鏈鋸。你忘了嗎？這種廠牌的雨鞋很普遍，而且竹東那間鏈鋸行的店員也說這款鏈鋸很暢銷。」江景智覺得這不算重大線索。

「如果只有一項符合當然不稀奇，但是兩項都符合——兩地出現的四個鞋印，不但廠牌符合，尺寸也一致，這個機率就很低了。」接著，吳健尉示意他們注意鑄型上的細微刮痕，「請你們再看仔細一點。每件工具在使用一段時間之後，難免會有刮痕；同一款鏈鋸當然有完全相同的規格和造型，但是不可能有完全相同的刮痕。」

江景智接過兩個鑄型，將它們並排比對，果然每條細紋的位置都完全一致，「天啊！是同一批山老鼠！」

林世佑皺著眉說：「如果這批山老鼠做案的範圍這麼大，橫跨新竹縣和臺中市，我們就不能假設嫌犯是新竹縣居民了。」

江景智點點頭，「嗯，要破案就更難了。」

接下來，吳健尉拿出昨天在登山口撿到的氣喘噴劑，希望能找到有用的線索。但可能是因為棄置在荒郊野外，有許多蟲獸踩過，風霜雨露沾過，已經破壞上面的生物跡證，所以吳健尉找不到完整的指紋，也萃取不到DNA。

他嘆了一口氣，但是他不能氣餒。

當江景智知道氣喘噴劑取不到證據時，就命令林世佑和卓峻瑋到松鶴部落和裡冷部落查訪當地居民，問問看這幾天有沒有人看到可疑的人上山。

「我也想去。」吳健尉向小隊長請命。

查訪居民本來與鑑識組無關，但是江景智看吳健尉細心，也是他推論出歹徒可能由另一條路線登山，才有這條線索，讓他跟去查訪也是應該的，便點頭答應。

這次仍由林世佑開車，他決定先到裡冷部落。車子駛在昨天走過的山路上，蜿蜒開了一個多小時，經過紅色裡冷橋，才來到裡冷部落。出乎意料的是，裡冷部落其實滿商業化的，甚至有高級溫泉會館，房價還不低。裡冷部落有許多瀑布美景和竹編小橋橫跨在溪流上，成為當地招攬觀光客的景點。吳健尉三人想打聽登山客的事，但是今天正好有一團遊客來此旅遊，當地人忙著接待遊客，無暇理會警方調查，因此他們只能呆呆站在一邊。

等了片刻，林世佑決定用手機聯絡索豹・帕炎，請他回到部落協助調查。

遊客被帶到一間製作口簧琴的教室裡，四周牆上掛滿各式各樣口簧琴。部落裡製作口簧琴的專家正在教導遊客製作口簧琴，遊客都尊稱他為老師。口簧琴是臺灣許多原住民的樂器，泰雅族、阿美族和布農族都有口簧琴。

老師身上穿著橫紋披肩，頭上綁著原住民的頭巾。他發給遊客的口簧琴材料已經是半成品，最後的部分要由遊客自己完成。

老師說製作口簧琴使用生長三年的桂竹最好，而且要取由下到上第十至第二十節的部位，切割後放置於陰涼處風乾三個月。

遊客拿到的是風乾後的長方

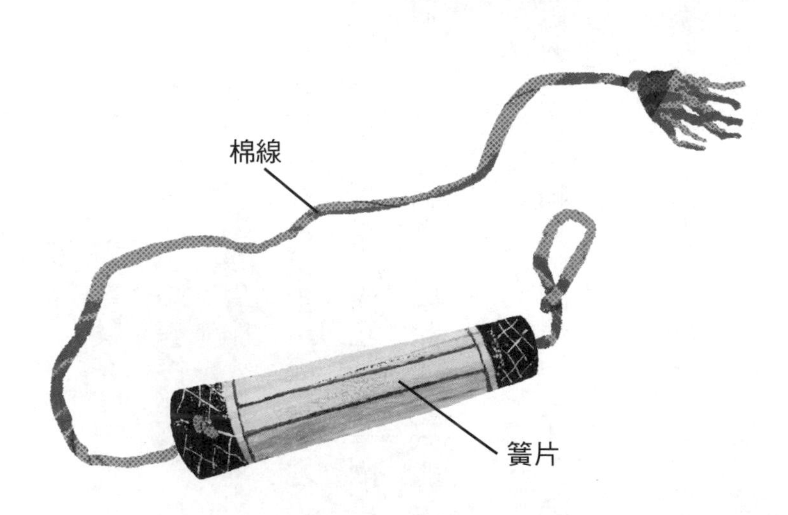

口簧琴

形竹片，在長邊切出兩條狹縫，大約把竹片分成三等分，但狹縫並未延伸至頭尾把竹片剖開，所以竹片的頭尾仍然完整相連，只是上面打了兩個洞，並刻了裝飾圖案。

遊客必須先把竹片固定在工作臺上——所謂的工作臺，其實就是一塊普通木板，上面用兩根木條釘成L形，目的是削簧片時防止竹片滑動。接下來，用U形雕刻刀把中間那段竹片削薄——但很多遊客用不慣雕刻刀，深怕割傷自己的手，因此還是由老師幫忙把竹片削得像指甲一樣薄。最後拿兩段細棉線分別穿過頭尾的兩個洞，口簧琴就大功告成。

老師把口簧琴橫放，並用嘴貼緊口簧琴的中段，右手扯動棉線，簧片立刻發出聲音，有點像是吉他琴弦的樂音。

吳健尉以前沒看過這種樂器，但他看出口簧琴是以棉線拉扯簧片振動而發聲，再以口腔為共鳴腔放大聲響，而且演奏者也可利用口形變化改變音調。

遊客立刻學著老師吹奏口簧琴，可是大多數遊客都無法發出樂音，吳健尉三人在一旁忍不住偷笑。

「對我們的口簧琴有興趣？」原來是索豹・帕炎，他接到林世佑的電話就立刻從八仙山趕回部落。

教室裡，口簧琴的吹奏教學仍在進行，林世佑怕干擾到上課，就指指教室外面，於是他們四人便走到戶外交談。

吳健尉說：「我真的對口簧琴有興趣，我第一次見到這種樂器。」

索豹・帕炎說：「臺灣原住民很早就會吹奏口簧琴，最早的口簧琴紀錄，出現在清康熙五十六年（一七一七年）諸羅縣知縣周鍾瑄所著的《諸羅縣志》。其中，卷八提及：『削竹為嘴琴。其一制如小弓，長可尺餘或八、九寸，以絲及木皮之有音者綸為弦；扣於齒，爪其弦以成聲。其一制略似琴形，大如指姆，長可四寸，竅其中二寸許，釘以銅片，另系（繫）一小柄；以手為往復，脣鼓動之，聲出銅片間如切切私語，皆不能遠聞，而纖滑沉蔓，自具一種幽響。夜月更闌，貓踏與番女潛相和，以通情好。』書中所說的嘴琴，就是口簧琴，而且形狀樣式都不一樣，有的用銅片當簧，有的用竹片當簧，有的甚至用骨片當簧。」

索豹・帕炎繼續說：「簧的數目也有單簧、雙簧到五簧，據說最多還有八簧，不過已經失傳，我從未見過。你們剛才看到的是我們泰雅族的口簧琴，是不用銅片振動，而是用竹片振動發聲的『竹臺竹簧』。這種口簧琴在泰雅語叫作Lubuw Totaw。書中所說的貓踏，又稱為痲達，就是還沒結婚的原住民青年，擅長跑步，專門替通事傳送公文。這些原住民青年會在夜深人靜時，對著姑娘吹奏口簧琴；如果姑娘喜歡，就會在口簧琴細繩打上自己家族的結，等到打了十幾、二十個結時，雙方就可以談論婚事。到時，姑娘把口簧琴上的結拿給父母看，證明雙方愛情堅定不移，女方家長就會同意這門親事。」

一旁的卓峻瑋忍不住說：「好浪漫喔！」

林世佑畢竟是資深警員，他見談話內容與辦案無關，立刻制止，「嗯，不談口簧琴了。你可否幫我們問問看，這幾天部落裡有沒有人看到奇怪的陌生人？」

索豹・帕炎搖搖頭說：「其實昨天晚上我回到部落之後，就到處詢問，但是你看看我們部落現在的情形，有時候遊客一來，整個部落就熱鬧滾滾，陌生人一大堆，誰會注意到哪個奇怪、哪個不奇怪？」

「說得也是。」吳健尉點點頭，看來這趟是白跑了，「山老鼠可能不是由這裡上山的，也有可能山老鼠經過時，沒有人注意到。」

「既然來了，就到我家裡坐坐吧！」索豹・帕炎已經把他們當成朋友了。

「不，謝謝，我們還是到松鶴部落去問問吧！」林世佑做起事來一板一眼，絕不在上班時鬼混。

因為兩個部落很接近，索豹・帕炎很樂意帶他們去訪查，便坐上他們的車，由林世佑開車往松鶴部落出發。

吳健尉忍不住說：「松鶴這個名字好美啊！」

索豹・帕炎說：「其實松鶴部落本來的泰雅族名稱叫『德芙蘭』，意思是水源豐沛、適合人居住的地方。戰後因為漢人見這裡有很多五葉松，大甲溪又常常出現很多白鷺鷥覓食，遠望有如白鶴在飛舞，就把它叫作『松鶴』。」

松鶴和裡冷相距不遠，但是松鶴部落冷清多了。

索豹・帕炎解釋：「現在部落都要靠觀光拚經濟，松鶴部落現在只是剛好沒有遊客來而已。」

他們把車子停在社區活動中心前的廣場上，活動中心牆面貼著彩色海報，目的是招攬觀光客。海報上標榜到社區觀光可以喝到五葉松汁，吃到傳統泰雅族美食，還可以觀賞泰雅族傳統舞蹈。

索豹・帕炎嘆了一口氣說：「其實我們泰雅族是沒有舞蹈的。」

三名年輕警員都嚇了一跳，「什麼？那我們在烏來、九族文化村看到的泰雅族舞蹈是怎麼回事？」

索豹・帕炎說明：「這件事說來話長。我們泰雅族保守又嚴肅，不會隨便舞動身體，只有在吹奏口簧琴時，才會配合樂音舞動身體。就像剛才所說，男方對女方吹奏口簧琴，女方如果接受，手肘就會揮動；如果拒絕，手肘就往另一個方向揮動，讓對方知難而退。這種配合口簧琴樂音而舞動身體的行為，我們稱為M'yu。」

卓峻瑋說：「這樣也算跳舞啦！」

索豹・帕炎繼續說：「即使如此，我們只有在婚嫁或慶典時，才會進行M'yu。日治時期，有日本人來臺灣山區參觀，日本警察就要求原住民表演舞蹈給他們看，但我們的祖先哪知道什麼叫舞蹈？只好配合口簧琴節奏舞動身體。有些年輕人在番童學校學習過日本舞蹈，也揉合日本舞蹈動作一起跳，演變至今就成為跳給觀光客看的舞蹈。」

吳健尉想起小時候跟爸媽到紐西蘭自助旅遊，爸爸開車越過南阿爾卑斯山時，已經是黃昏，他們便投宿在山腳下一座名叫Hokitika的小鎮。民宿老闆娘是一位老太太，她一聽說他們是臺灣來的，立刻興奮說道：「啊！臺灣！我的蜜月旅行就是到臺灣！」

爸爸好奇的問：「您是到臺灣哪裡旅行呢？」

「烏來。」老太太興奮描述起她在烏來看到的櫻花、臺車和原住民舞蹈。如果她知道泰雅族舞蹈一點都不「傳統」，而是在面臨逼迫之下臨時拼湊出來，不知會有什麼感想。

松鶴部落裡到處有五葉松，吳健尉數了一下，果然每束針葉都有五根。

貫穿部落的石板路叫林場巷，路旁一整排檜木小屋斑駁而蒼老。

索豹．帕炎說：「以前這裡是八仙山林場員工的宿舍，到現在還有一些他們的後代住在這裡。」

走到林場巷底時，索豹．帕炎指著其中一棟藍色房屋說：「這裡曾經是八仙山林場森林火車的車站，林場停止作業之後，這裡就沒落了，也被改建成民宅。」

林世佑急著要找人探問有沒有看到山老鼠，但一路走來看不到人，只好調頭走回林場巷。

這時，一個瘦瘦高高的老人家，從其中一間檜木小屋走出來。他打扮相當怪異，身上是灰色臺灣長衫，穿著西裝褲和人字拖，最刺眼的是，他頭上戴著日軍的戰鬥帽。

為了降低老人家的戒心，林世佑先上前打招呼，老先生說的是閩南語，林世佑也以閩南語跟他東聊西扯。老人家顯然也很樂意有人可以談話，一打開話匣子，不到幾分鐘，連祖宗八代都交代得一清二楚。

原來老先生的爸爸是林場員工，他從小就在這間檜木小屋長大。日本人戰敗回國後，林場由國民政府接手，仍經營了一段時間，但是因為過度砍伐，資源逐漸枯竭，林場還是沒落了。老先生的子孫都搬到都市居住，只剩他一個人留在舊房舍。

林世佑見老人家談得高興，就順勢問他有沒有看到可疑登山客。

老先生歪著頭思索。

吳健尉加了幾個條件：「可能兩個人以上，背著很大的背包，穿著雨鞋，往八仙山走。」

老先生說：「符合這些條件的登山客很多啦！不過……三天前有兩個登山客，確實背著很大的背包，穿著雨鞋，往八仙山走。我會注意到他們，是因為他們說泰雅語，但是口音又和本地人不太一樣，這表示他們是外地來的泰雅族人。一般而言，住在平地的漢人比較會來我們這裡爬山，如果是泰雅族人，應該是住在山區，不太會大老遠跑到其他山區爬山，除非他們另有目的。因此，我才留下深刻印象。」

吳健尉愣住了，轉頭問索豹・帕炎：「泰雅語還分不同口音嗎？」

索豹・帕炎點點頭說：「沒錯，泰雅族語言分成好幾個群體和系統。」

林世佑又問老人家：「您知道他們說的是哪個系統的泰雅語嗎？」

老先生搖搖頭苦笑道：「我是漢人，只是住在這裡久了，聽得懂泰雅語，也會說一些，但是沒有厲害到可以分辨泰雅語的不同系統啦！連泰雅族的年輕人也辦不到，很多人甚至連族語都不會講了。」

索豹・帕炎認同道：「要區分是哪個地區的口音太難了，即使是我也辦不到。日本占領期間，原住民語言混入大量日語，加上近幾年人口遷徙太快，很多語系早已混在一起。」

如果無法得知泰雅語系統，就無法判斷這兩名疑似山老鼠的登山客，是來自哪個地區的泰雅族居民。問題是泰雅族又是臺灣分布最廣的原住民族群，南至南投，北至烏來，東至宜蘭、花蓮，這個範圍太大，要如何追查？吳健尉不禁嘆了口氣。

卓峻瑋看出吳健尉的心事，拍拍他的肩膀說：「別氣餒，至少我們已經知道可能有兩個山老鼠，而且是泰雅族人。」

林世佑對索豹・帕炎說：「我昨天請八仙山森林遊樂區員工，幫我們拷貝這幾天收費口監視畫面檔案，今天要去拿取，正好可以載你回八仙山。」

吳健尉要離開松鶴部落前，忍不住問老先生：「您為什麼戴著這頂戰鬥帽？」

「這是我唯一的哥哥留下來的。」老人家的神色突然顯得落寞，「他在日本時代的最後一年被徵召當學徒兵，調到南洋打仗，最後只有送回這頂帽子。」

吳健尉愣了一下，本來很刺眼的戰鬥帽，突然變得不再那麼刺眼了。

一行人抵達八仙山森林遊樂區後，工作人員把拷貝好的光碟交給他們。

卓峻瑋搖搖頭苦笑道：「光是看這些光碟就足以讓人虛脫。」

他知道這份工作大概會落在他的頭上。

林世佑說：「還好啦！如果山老鼠就是老人家見到的那兩個人，那麼接應他們的人應該也是同一天入園，我們只要看三天前的錄影畫面就可以了。」

林世佑發動車子上路後，吳健尉提出問題：「請問和平分局離這裡很遠嗎？」

「不會，這裡是東關路一段，和平分局在東關路三段，距離大約十三公里，開車約十五分鐘就到了。怎麼了嗎？」林世佑問道。

吳健尉說：「既然不遠，請載我過去，我想向分局調閱沿線監視畫面。」

卓峻瑋慘叫一聲，「天啊！沿路起碼有七、八個監視器，怎麼看得完？」

林世佑倒覺得吳健尉說得有道理，「嗯！走吧！」

進入和平分局之後，林世佑去找分局長辦理調閱錄影檔案手續，卓峻瑋和吳健尉兩人坐在警員休息室等候。

這時，有兩位警員剛結束攔查任務，返回分局休息。他們一邊卸下裝備，一邊聊天。

警員甲說：「有些原住民朋友愛喝酒，分局長指示我們要加強路邊酒測攔檢，可是有些人明明滿臉通紅，又酒氣沖天，偏偏愛找理由拒測。」

警員乙說：「現在還規定我們不可以無差別酒測，必須先判斷對方有危險駕駛之可能，例如：湊上去聞聞他有沒有酒味，或者看他的臉有沒有紅通通，如果有的話，才可以要求酒測。在這種情況下，如果對方拒測，才能夠直接開罰。」

警員甲又說：「我三天前倒是遇到一件怪事。有個胖胖的駕駛人，在東關路被我攔下，我看他的臉沒有紅，湊上去卻聞到超濃酒味。按照我的經驗，酒味這麼濃，呼氣中酒精濃度大概有每公升零點三毫克以上，不但要移置保管車輛，人也會被移送法辦，可是依照規定，我必須先問他從喝酒到現在過了多少時間。他堅稱自己沒喝酒，我就再按照規定提醒，雖然不願告知喝酒時間，他仍然有權要求漱口，並在漱口之後十五分鐘實施酒測。他答應了，在漱口之後十五分鐘乖乖接受酒測，結果測得酒精濃度竟然是零。我再湊上前，果然沒有再聞到酒味。酒退得這麼快，我還是第一次遇到。你說怪不怪？」

警員乙搖搖頭說：「我進行酒測攔檢很多年了，從來沒遇過這種事，該不會是你的酒測器壞了吧？」

吳健尉聽到這裡，突然靈光一閃，急忙走上前出示警員證，問警員甲：「你好，我是保七總隊刑警，你說的那件酒測案，有留下車牌號碼或駕駛人身分證號碼嗎？」

警員甲搖搖頭，「沒有，依照規定，酒測沒有超標，就立刻放行，我們不會登錄對方資料。不過，我對他留下很深刻的印象，那是個年約六十歲、白頭髮、體型寬胖的先生。我記得攔檢的時間和地點，以及對方的汽車廠牌，只要調閱監視器畫面，我立刻就可以認出來。」

「太好了！這樣可以節省我們很多時間！」吳健尉低喊出聲，這時林世佑剛好取得分局長的同意，可以開始調閱畫面。

果然在警員甲的協助下，很快就認出那名白髮胖先生的車子，「就是這輛車。」

等他們三人回到車上時，天色已晚，林世佑說：「我們明天一早就調閱車主資料，應該很快就能逮到人。」

最高興的是卓峻瑋，他本來以為接下來的幾天都要盯著螢幕，慢慢過濾錄影畫面，現在可以略過這份辛苦的工作了，「但是我不懂，你為什麼會認為那位警員酒測攔檢到的白髮先生就是接應的山老鼠呢？」

吳健尉說：「許多含有酒精的噴劑和漱口藥水都會使酒測值升高，剛才那位警員的話，讓我聯想到很多氣喘噴劑都用乙醇（酒精）做為溶劑。有些氣喘患者一天要吸好幾次噴劑，如果他正好吸過含有酒精的噴劑，那麼酒味當然很濃烈，要求他立刻酒測，數值自然偏高。但是因為他沒有真正喝酒，所以那些噴入嘴裡的酒精很快就會揮發掉，隔了十五分鐘就完全測量不到。」

「因此，要求十五分鐘之後再酒測是有道理囉？我還以為是替愛鑽法律漏洞的民眾，開了一道方便之門呢！」卓峻瑋恍然大悟的說。

「不，這種規定是為了避免無辜民眾受罰。」吳健尉說。

追查接應山老鼠的人有了頭緒，三名年輕警察把一整天的疲勞拋在腦後，準備明天逮人。

第八章　臺北大空襲

雖然鄰居笑著說我應該改名叫「招弟」，但媽媽的第一個親生子女是個女兒，也就是我的妹妹秋子，大家都叫她「あきこ」（發音Akiko）。

秋子誕生之後，隔了一年，也就是昭和十七年（一九四二年），弟弟添宗出生了，大家都叫他「むね」（發音Mu-ne）。這下子，Akiko才是名副其實的「招弟」。

有了弟妹，我放學後都要幫忙帶小孩。不過，我還是經常到祖師廟、番薯市街玩耍，只是背上背著弟弟，手裡牽著妹妹。

在學校，校長每天朝會都對我們宣稱日本皇軍在太平洋戰爭中取得輝煌的勝利，但是大人們都說日本快要戰敗了。

昭和十八年（一九四三年），日本政府取消學生緩徵規定，凡是到了服兵役年齡的學生全部都要入伍，叫作「學徒出陣」。當時「學生」專指大學生，「生徒」是指中學生，學生和生徒合稱為學徒。

昭和十九年（一九四四年），新聞中出現塞班島守軍「玉碎」的字眼，我不懂這個詞的意思，就去問超明仙仔。

他冷笑一聲說：「塞班島守軍玉碎就是全軍覆沒的意思，玉碎只是好聽的說法。」

接著，他嘆了一口氣，「不知道米國（美國）軍隊會不會登陸臺灣？如果會的話，傷亡將會非常慘重，很多臺灣人都會『玉碎』。」

我只覺得臺北的軍人變多了，聽說日本人把一些原本駐紮在沖繩和中國大陸的師團都調來臺灣，準備防衛米國軍隊登陸。

昭和二十年（一九四五年）一月，硫磺島日本守軍又「玉碎」。從此以後，學校幾乎形同停課，並開始徵集十四到十八歲學徒兵，不過礙於法律規定，未滿十七歲的學徒兵要辦理「志願」才能入伍，我家許多鄰居哥哥都被強迫「志願」。凡是被徵召的學徒在戰爭中死亡或受傷，總督府會補發畢業證書，做為安慰與補償。

校長說能成為學徒兵是光榮的，如果能為天皇戰死，那就更光榮了。這一年，也是我在龍山國民學校的最後一年，幾乎沒有上過課。開學那天，校長就宣布「入學即入營」。

年輕男老師全部要入伍，我們也沒有上課，老師發給我們畚箕和鐵鍬，要我們在校園裡挖防空壕，還要進行防空和滅火演練。

有些軍人進入校園架設高射砲——那些軍人有的看起來也還是小孩子，只是戴著戰鬥帽，穿上靴子和綁腿，衣領繡著黃星階級章，顯示他們是二等兵。無論是帽子或靴子，穿在他們身上都顯得太大，明明就是小孩子，卻穿上大人的衣服，一點都不合身，完全沒有軍人該有的英勇姿態。

日本人把住戶組織成消防防空群，以十五至二十五戶為一群，選出一位群長，平日要進行消防滅火演練。

當時的消防設備是手動式幫浦車和滅火彈。這種滅火彈其實就是封口的玻璃瓶，裡面裝著透明的液態化學藥劑，發生火災時，把滅火彈往火裡扔，瓶身碎裂後，裡面的液體藥劑流出來，遇到熱變成氣體，趕走空氣，火就熄滅了。這種滅火彈在戰後仍然使用了將近二十年，當時包括戲院在內的公共場所，牆上都會放著這種滅火彈。

局勢愈來愈緊張，爸爸的硝子工廠停工，他只好在家裡做好防空準備。

爸爸每天愁眉苦臉，現在一家有五口，他擔心沒有足夠的食物可以餵飽小孩。雖然我們一直過著窮困的生活，但是本來每個月初一、十五，媽媽一定會拜拜，那時就有肉吃；可是隨著戰爭逼近，幾乎每餐都只能吃鹽漬醬菜。弟弟和妹妹常常餓到哇哇叫，我也很餓，可是我知道爸爸的為難，所以我不敢叫。

很多鄰居都在討論「疏開」，就是疏散到鄉下去。大人都說：「這裡離總督府太近了，米國飛機如果轟炸，我們都躲不了。」

從我三、四歲開始，臺北就遭受轟炸，不過通常威嚇成分比較多，而且目標是飛機場，對我們百姓沒有實質傷害。但是今年三月開始，平民住宅區開始遭受轟炸。

我永遠不會忘記五月三十一日那一天。

因為學校關閉很久了，那一天我仍然和平常一樣帶著弟弟妹妹出門。妹妹已經四歲，弟弟已經三歲，通常不用我背，自己可以走路，只有在撤嬌時，才會耍賴要我背。

我像平常一樣帶著他們往河邊走，希望能挖到一些小螃蟹。如果挖到了，我就會在河邊生火，直接烤螃蟹吃，所以弟弟妹妹都喜歡跟著我走，因為這是唯一能吃到肉的機會。

有一次陳銀珠告訴我，蟑螂烤熟了可以當藥吃。我半信半疑，自己又不敢吃，就決定拿弟弟做實驗，但是怕大人知道，就在河邊進行。

我抓了一隻蟑螂，帶到河邊，像烤螃蟹一樣，用乾草烤焦了，拿給弟弟吃，他毫不懷疑的吃了下去。我問他好吃嗎？他點點頭，事後好像也沒有肚子痛，可能是火把病菌都烤死了吧！不過，我沒有再烤過第二隻蟑螂，弟弟長大後，我從來沒有提起過這件事，他好像也不記得自己吃過蟑螂。

那一天，大約早上十點左右，弟弟和妹妹跟著我走到河邊。河邊泥地

上滿滿都是小螃蟹，至少有好幾百隻。我要他們兩個站在岸邊草地上等待，我脫掉柴屐，正準備要走入泥巴裡抓螃蟹時，空襲警報突然響起。

這一陣子，每隔幾天就會發生一次空襲，我早已清楚該怎麼做。我立刻穿上柴屐，一手牽著妹妹，一手牽著弟弟，往防空壕跑。

可是河邊沒有防空壕，我們必須跑到番薯市街才有，結果我們還沒跑到

防空壕，由川端町（現今的臺北市廈門街、螢橋國小一帶）方向飛過來的F6F戰鬥機群已經抵達我們頭頂的天空。因為街道上貼著敵機辨識圖，教導民眾認識來自米國、英國和重慶的敵機，加上之前幾次空襲，都是這種飛機做為前鋒，我們都認得它們的機型了。

其中一架戰鬥機似乎發現我們三個小孩，故意低飛掃射，子彈答答答打在我們的身旁，飛起來的塵土還打到我的身上！

這麼多次空襲，從來沒有被機關槍掃射過，我第一次覺得自己可能會死亡，糟糕的是，弟弟妹妹也會和我一起死掉！我當時想到的竟然是：爸爸媽媽會有多麼傷心啊？

我一把抱起弟弟，拉緊妹妹的手，繼續狂奔。戰鬥機又低飛了一次，我感覺到它俯衝到我們的頭頂。我抬頭回望，飛機近到我可以看到阿督仔（洋人）飛行員的臉——他在笑，他竟然在笑。

幸好這次他沒有掃射，而是突然拉高機身，揚長而去。弟弟被我抱在懷裡，他振臂向著天空大罵：「督鼻仔（尖鼻子，指洋人）！馬鹿野郎！」那是大人們面對空襲時會脫口而出的日語咒罵字詞，沒想到他那麼快就學會了。

事後我回想，那架戰鬥機的飛行員可能只是惡作劇，因為射殺幾個平民小孩並沒有意義，而且我左手抱著弟弟，右手拉著妹妹，根本跑不快，如果他有心要射殺我們，在低飛情況下，使用機關槍掃射，根本不可能失手。況且他第二次低飛時，連掃射都沒有，純粹俯衝嚇唬我們取樂。

我們好不容易跑到防空壕（位於現今的萬華區長沙公園處）時，裡面擠滿了人，不過擠在外圍的人見到有小孩，還是挪了個位置，讓我們擠進去。

我牽著弟妹，彎腰準備鑽進防空壕時，看到空中一架架B-24轟炸機，多得不得了，幾乎遮蔽天空。我從來沒看過出動那麼多架飛機的空襲，當時我心裡想，這次真的完了。

這種防空壕高約一點五公尺，寬約一點二公尺，兩旁是座位。有人挪了位置，我勉強坐了下來，接著把弟弟抱在懷裡，妹妹則在我腳邊。坐在我對面那個阿婆也把腳挪開，讓妹妹坐下。

我們剛擠進防空壕沒幾分鐘，空襲就開始了。炸彈像雨一樣落下來，地面不斷巨幅震動，防空壕也隨之搖晃，頭頂上方的土和碎石子紛紛掉下來。防空壕裡的人發出此起彼落的慘叫聲，不絕於耳。

防空壕裡擠了太多人，空氣非常差，加上恐懼，有人嘔吐了，嘔吐物使得空氣更差，簡直像人間地獄一樣恐怖。

空襲大約持續兩個小時，等到轟炸機遠離之後，人們紛紛走出防空壕。

我牽著弟妹，急忙要回到祖師廟的家，心裡面七上八下，想著我們的家可能被炸毀了！

回家的路寸步難行，因為破碎的瓦礫覆蓋了路面。路上還有一些沒有爆炸的炸彈，許多人哭著在房屋殘骸中找尋親人。

我們回到祖師廟時，發現整排屬於廟產的房子幾乎都倒了。

我愈看愈害怕，邊走邊哭，弟弟妹妹也哭，街上的人幾乎都在哭。

我突然看見爸爸和媽媽衝過來，抱著我們放聲大哭：「妳把弟弟妹妹帶去哪裡了？」

原來他們也是在警報解除後，回到家看不到我們，邊哭邊在瓦礫堆裡尋找。

中午時，警報再度響起，又出現更多飛機來轟炸，幸好爸爸媽媽立刻帶我們躲進防空壕。有爸爸媽媽在身邊，感覺沒有那麼恐怖。

祖師廟附近一片殘骸，有人說龍山寺的正殿也被炸毀了。

不過，戰後很快就有傳聞引述被俘虜的米國飛行員的話：「你們臺灣的女人真厲害，我們在轟炸龍山寺時，有一個穿白衣的女人飛上來接炸彈。」

於是眾人瘋傳，相信是觀世音菩薩顯靈，幫信眾接住炸彈，不然死傷會更多人。龍山寺信眾紛紛捐款，被炸毀的正殿在戰後很快就重建了；然而，同樣毀於一場火災的祖師廟後殿一直沒有重建，到現在仍然是空地，平日做為停車場。

多年後，我跟兒子說起這項神蹟，他笑著說：「龍山寺果然比較會行銷，難怪會成為艋舺第一大廟宇。」

被稱為「臺北大空襲」的大轟炸過後，士兵開始出動，在街道協助民眾清理瓦礫、埋葬屍體。有些被炸碎的肢體掛在牆角或是樹梢上，都靠士兵清理。

爸爸也在我們家瓦礫堆裡挖出家裡僅存的現金。

我往城內方向看去，到處是黑煙。壞消息不斷傳來，有人說總督府被炸得很慘，左側直接被炸彈命中，屋頂垮了一邊。總督府旁的法院和銀行被炸倒，臺北驛（臺北車站）也被炸毀。敵機不只投擲炸彈，還投下燒夷彈（燃燒彈），所以在市區的某些地方，熊熊烈火從白天燃燒到黑夜。

位於大稻埕的「臺灣新舞臺」也在這次轟炸中全毀。先前，陳銀珠帶我逛完西門町之後，我曾央求爸爸帶我去看電影。爸爸說他比較喜歡看新劇（話劇），就帶我去臺灣新舞臺看新劇。

看劇那天，爸爸特地戴上帽子，媽媽穿上花衣服，兩人牽著我去看劇。事後爸爸說很難看，因為日本推行皇民化運動影響，所有電影和戲劇都必須演出皇民化劇，所以都是「一死報國」、「舉國一致守護後方」或

「軍夫之妻」之類劇名，一看就讓人倒胃口。

不過，以我當時的年紀，根本分不清好看或不好看，也不管是電影還是話劇，只要能和爸爸媽媽一起去看戲，就是最開心的事，更何況看完話劇之後，爸爸還在戲院門口的包子攤買熱騰騰的包子給我吃。

那個時代還沒有電池，攤販點著一盞盞噴著火的電石燈，照亮販賣的商品。無論是包子還是切好的西瓜片，大家在火焰照亮下就吃了起來。對當時的我來說，在電石火焰下吃的東西真是人間美味。

那時的臺灣新舞臺是中國宮殿式建築，非常典雅。沒想到臺北大空襲那天，臺灣新舞臺就毀了。後來，我的孫子長大之後，曾邀請我和老伴去「新舞臺」看話劇。

雖然名稱是「新舞臺」，演出的也還是話劇，但是地點已經遷到臺北東區，建築也變成大廈。據說，新舞臺被臺北市政府文化局列為臺北市文化資產。不過，只保留名字的方式，也算是文化資產嗎？我書讀得不多，實在不懂。

因為房子被炸毀，臺北大空襲那天晚上，爸爸媽媽帶著我們到廟埕暫時睡了一晚。餐風露宿，一條棉被也沒有，又因為宵禁，燈光必須完全熄滅，世界陷入一片黑暗。蚊子成群，我根本睡不著覺，幸好五月底氣溫已經很高，倒不覺得冷，而且一家人能全部倖存，擠在一起睡覺，已經是最幸運的事了。

我躺在冰涼的廟埕石板上，聽到爸爸媽媽在商量。

「不『疏開』不行了，但是要『疏開』到哪裡呢？必須是個既能躲開空襲，又有工作機會的地方，才能養活一家大小。」媽媽說。

爸爸想了又想，終於說：「我有個同鄉叫阿成，在竹東林場當領班，他跟我說過，竹東林場很缺伐木工人，那裡也比較鄉下，應該不會被轟炸得那麼慘。不如，我們明天就搭火車去竹東找機會。」

媽媽很擔心，「事前沒去看過，貿然帶著一家大小跑去全然陌生的地方好嗎？而且，你又沒有伐木經驗，萬一不合適或找不到工作，怎麼辦？」

「反正留在這裡也一樣慘，本來就沒工作，現在連住的地方也沒有了，不如到鄉下去碰碰運氣。『甘願做牛，毋驚無犁通拖』，只要能賺錢，我什麼都可以做。」爸爸堅定的說。

就這樣，我們決定要「疏開」了。

第九章　黑天

有了車牌號碼，就能查出車主姓名和住址。車主叫鍾林煌，住在竹東鎮大林路，國立大學會計系畢業，職業是會計，沒有前科。

「果然和新竹縣脫離不了關係。」吳健尉更加肯定這一批山老鼠和尖石鄉樹瘤案是同一批歹徒。

一大早，小隊長江景智就向檢察官申請搜索票——因為一切都是吳健尉的猜測，到目前為止，並無證據顯示八仙山登山口撿到的氣喘噴劑主人，就是接應山老鼠的人，所以檢察官只肯簽署搜索票，不肯發出逮捕令。

東。

拿到搜索票後，江景智立即率領林世佑、卓峻瑋和吳健尉出發前往竹東。

車子開到竹東高中附近的一個社區，金屬拱門上寫著「新玻社區」四個字，是個環境優雅的庭院別墅區。社區的一面靠山，除了有共用的小公園，還有兒童遊樂器材，每一戶前面都有一片草地，而且戶戶都有私人停車位。

「嗯！鍾林煌的經濟狀況不錯喔！」林世佑說。

江景智想了一下，「嗯，我們對這個人不是很了解，先到附近打聽一下再行動比較妥當。」

吳健尉慢慢體會到這是小隊長由經驗累積而來的智慧：在與嫌犯正面接觸之前，只要情況允許，應該先至附近鄰里間了解一下嫌犯背景，以免錯估嫌犯火力，而導致任務失敗，甚至使同仁身陷險境。

吳健尉心想，雖然他有位姨婆就住在竹東，但是離這裡少說也有好幾百公尺，加上姨婆近年腳不方便，很少外出，應該不認識鍾林煌。

江景智放眼張望，尋找可以打聽消息的地方。社區對面有一間證券公司，但他隨即搖搖頭——證券公司裡，人人緊盯著股市行情，沒有人想和陌生人聊天。

不過，證券公司旁邊有一間麵店，目前沒有什麼客人，如果進去消費，應該可以向老闆打探一點消息。

「順便在那裡吃午餐好了。」江景智心想。

那是一間素食麵館，外觀古樸，但是店面很大。

他們走進麵館，看看牆上的菜單。雖說是素食麵館，但不是全素，有供應蛋類。他們四人平日不是素食者，不過偶爾吃素也不錯，就點了茄子、番茄炒蛋和豆腐，搭配香菇湯和炒麵。

點好菜，他們觀察店內裝潢，裡面放了很多骨董家具，是懷舊風路線的餐廳。

現在時間才早上十一點左右，店內只有一位禿頭阿伯在吃麵，沒有其他客人。生意清淡的時候，老闆通常比較願意聊天，於是趁著老闆娘上菜，江景智刻意開啟話題：「老闆娘，對面這個社區為什麼叫新玻社區啊？」

老闆娘還沒有回話，另一桌那位阿伯就答腔了：「因為這裡以前是新竹玻璃的廠房啊！」

老闆娘笑著指了指阿伯說：「這個社區的事，你問他最清楚。他在新玻工作了一輩子，直到工廠關閉為止。到現在，廠房都改建為高級住宅區，他還是每天來這裡散步。」

這位阿伯一打開話匣子後，情緒有點激動，「我一生最寶貴的歲月都獻給這間工廠，怎麼捨得忘掉？戰爭結束後，剛卸任的臺灣省政府建設廳長陳尚文先生，聽從日本技師建議，在一九五四年成立新竹玻璃公司，因為當時新竹不只生產瓦斯，關西、竹東和苗栗南庄等地也生產矽砂，所有製造玻璃所需的原料和能源都在附近，所以選在竹東設廠最恰當。廠址就選在日本人留下的鹽野義香料株式會社舊址，也就是你們眼前的這塊地。當年我們新竹玻璃是臺灣第一間製造平板玻璃的公司，在新玻上班的員工就像現在的科技新貴，擁有人人稱羨的職業……」

說到玻璃工廠，經由阿嬤的筆記本，吳健尉才曉得阿嬤的養父李更，在戰前曾經當過玻璃廠工人。他稱李更為阿祖，在他的印象裡，這位阿祖瘦瘦高高的，不太喜歡講話，不過見到吳健尉總是笑嘻嘻。

因為阿祖年紀很大，有失智現象，經常走失，只要舅公電話一來，阿嬤和爸爸就會趕快出門，幫忙在阿祖住家附近找人。在他讀小學時，阿祖就過世了。

吳健尉心想，阿祖在玻璃廠工作時，應該是用管子黏起一團熔化的液態玻璃，放入模型後，用嘴吹氣，使玻璃成形。阿祖一定沒做過平板玻璃，因為製造平板玻璃需要的技術非常不簡單——玻璃要加工，一定得先用高溫使其熔化，但是液態玻璃不論怎麼倒進模子，都無法完全平整。

吳健尉記得小時候隨爸媽到英國旅行時，曾經拜訪莎士比亞故鄉——埃文河畔的史特拉福（Stratford-upon-Avon）小鎮。那裡小酒館的窗戶玻璃，都有漣漪狀同心圓紋路；他們本來以為那是藝術家巧思，但是一問之下才知道，在莎士比亞的時代，人們還無法製作出平板玻璃，所以每塊玻璃都會留下液體的漣漪狀紋路。

吳健尉還記得高中化學老師說，以前的化學家曾經認為玻璃是液體，只是因為黏性太大，所以流得很慢，而被我們當成固體；證據之一是，數百年前興建的古老教堂窗戶玻璃，總是上面薄、下面厚，可見在教堂蓋好之後，玻璃仍然在流動。

但是後來有科學家真的把玻璃視為液體來測量黏度，推算要造成窗戶玻璃上下厚度差達到百分之一，需要多少時間，結果發現竟然要一千多萬年。由此推論，如果教堂玻璃是因為流動造成厚度差的話，那麼這些教堂一定不是人類蓋的。

因此，現在科學界並不認為玻璃是液體，改為主張它是不定形固體，也就是非晶形的固體。

玻璃在熔化時是液體，要如何製造出平板玻璃呢？直到一九五二年，這個技術難題才由英國玻璃製造商皮爾金頓（Pilkington）解決，他把熔化的玻璃倒在熔化的錫上，由於靜止液體會呈現水平狀態，因此液態錫表面就是水平面，倒在上面的玻璃底部自然平整。

此外，機器上層有加熱器，又吹入活性小的氣體，避免錫氧化。這時玻璃仍然是高溫液體，因為用流量控制厚度，所以表面也呈現水平，厚薄均勻的平板玻璃就成形了。

位於竹東的新玻工廠成立於一九五四年，不但是臺灣第一間生產平板玻璃的公司，和全世界相比也不落後，要說其員工是當年的科技新貴，一點也不誇張。

阿伯滔滔不絕說著，老闆娘也湊上來補充，「以前我爸爸推著麵攤在新玻工廠門口做生意，員工下班都會吃一碗麵當點心才回家。我爸爸就靠著那個麵攤賺的錢，買了三間店面，現在換我接手。可惜店面變大，生意反而變差，仍然靠著新玻工廠的老員工回來光顧。」

阿伯笑著說：「吃慣了這個口味嘛！」

江景智並不是來聽玻璃廠歷史的，他吃完炒麵就起身付錢，向阿伯點頭告別，接著走出店外，三名屬下也急忙跟上去。

沒想到，阿伯也起身跟上來，「你們為什麼要打聽這個社區的由來，想買附近的房子嗎？」

江景智靈機一動，就指著鍾林煌的房子說：「是啊！我看這裡環境滿不錯的，尤其是那一戶，我非常喜歡。不知道屋主是什麼樣的人，有沒有可能把房子賣給我？」

「沒聽說那一戶要賣啊！」阿伯說。

「你認識那一戶的屋主嗎？」江景智終於等到可以打聽鍾林煌底細的機會。

「不認識，這裡的房價不便宜，很多是外地人來買。不過，我經常在附近散步，看過住在這一戶的先生，他長得胖胖的，滿頭白髮，身體不太好，常常噴氣喘藥劑。他平常很少和鄰居交談，有時會有一些原住民朋友

出入他家。」阿伯說完，揮揮手表示要回家睡午覺便離開了。

「這個鍾林煌還真神祕。」江景智帶隊來到鍾林煌家門前，上前按了門鈴。

吳健尉盯著停車位裡的那輛汽車，「對了，錄影畫面裡的就是這輛車子。」

鐵門打開，一位胖胖的白髮老人家一跛一跛走出來，正是鍾林煌。

等他走得更近一些，吳健尉聞到他身上飄來一陣菸味，不自覺皺眉——氣喘患者還抽菸，這個人真是太不愛惜自己的身體了。

江景智亮出搜索票給他看。

鍾林煌顯得很緊張，大口喘氣：「為什麼要搜索我家？我又沒有犯法！」

江景智安慰他道：「如果你沒犯法就不用緊張，我們搜查完就可以還你清白。」

江景智手一揮，林世佑和卓峻瑋就進屋搜索。

吳健尉則指著門前的車子說：「鍾先生，請你打開車鎖，我要搜索這輛車。」

鍾林煌更加急促喘氣，並且急忙拿出氣喘噴劑往嘴巴裡噴。

吳健尉注意到這和八仙山登山口撿到的噴劑，屬於同一廠牌、同一款式，這個人應該就是在登山口丟棄噴劑的人。不過，他是否為接應山老鼠的共犯，還需要證據，希望這次搜索會有收穫。

鍾林煌喘著氣，用遙控器打開車鎖。

吳健尉仔細搜查車子，並未發現不尋常的地方，也許鍾林煌已經把香杉芝移至他處。

鍾林煌見吳健尉找不到罪證，提高音量罵道：「早就跟你們說過，我沒做犯法的事，為什麼來搜查我家？」

吳健尉不理會他，走進鍾家的客廳。

客廳裡擺放很多藝術品，包括許多木雕，吳健尉懷疑其中有些是樹瘤雕成，但是否由紅檜樹瘤雕成，就必須靠化驗才知道。

吳健尉走向前，仔細觀察每件藝術品，上面都積了一層厚厚的灰塵，應該不是最近被盜伐的那棵紅檜樹瘤雕成。

倒是有一件象牙雕成的藝術品，上面不但沒有灰塵，而且還亮晶晶的，看來這是鍾林煌最喜歡的一件收藏品，經常把玩摩挲，才會這麼光滑油亮。

這尊象牙雕像是一個牧童，頭上戴著孔雀羽毛，吹著牧笛。他的身體呈現「三屈」的特殊站姿，也就是頸、腰和膝蓋這三處彎曲，使身體呈現S形，這是印度藝術品和舞蹈中經常出現的姿勢。吳健尉看出這是印度教神祇——黑天的雕像。

吳健尉問鍾林煌：「這是象牙製品吧？」

鍾林煌立刻反擊：「你別想嚇我，國內象牙買賣的最後期限是二〇一九年十二月三十一日，我是在二〇一九年八月購買，並不違法。」

取締保育類動物製品買賣也是保七總隊的職責，但這並非他們今天搜索的主要目的，吳健尉只是想向鍾林煌施加壓力，如果

他亂了方寸，就可能會露出破綻。

江景智看出吳健尉的用意，因此也對鍾林煌說：「你只知其一，不知其二，當時固然可以買賣象牙，但是必須經過縣市政府審查許可，違反者依法可處六個月以上、五年以下有期徒刑，得併科新臺幣二十萬元以上、一百五十萬元以下罰金。這件象牙製品，你有取得許可文件嗎？」

狡猾的鍾林煌馬上改口說：「我跟你們開玩笑的，這根本不是象牙製品，而是用塑膠仿冒的。」

吳健尉笑道：「這個簡單，我刮下一小塊磨成粉，就可以化驗它的成分，到時候是塑膠還是象牙，立刻就知道了。」

「刮下一小塊？這種藝術品，你賠得起嗎？」鍾林煌生氣的說。

「你不是說是塑膠嗎？怎麼會是藝術品呢？」鍾林煌果然不小心露出馬腳，江景智乘勝追擊，「如果是塑膠製品，我們賠償你；如果是象牙，你就去坐牢，如何？」

鍾林煌額冒冷汗，急促喘氣，說不出話。

吳健尉又說：「我看這尊雕像是從印度來的，所以不但是象牙，而且應該是用印度象的象牙雕成，對嗎？」

眼看鍾林煌不再答話，江景智又追問：「你連這尊雕像是從哪裡來的也不知道？該不會是偷來的吧？」

「胡說！這是我用錢買來的！賣我的人說這是印度的大黑天神像！」鍾林煌馬上大聲反駁。

吳健尉愣了一下。

這時，卓峻瑋拿著一包塑膠袋，裡面裝著淡粉紅色的菇，「小隊長，找到了。」

吳健尉由顏色判斷這些菇很新鮮，應該剛摘下來沒幾天。他從卓峻瑋手上接過塑膠袋，湊上鼻子嗅聞，氣味非常強烈，但比牛樟芝的氣味淡一些，應該是香杉芝。

他對小隊長點點頭。

江景智立刻板起臉孔，「鍾先生，我懷疑你這些菇是偷採自八仙山的香杉芝，你承認嗎？」

鍾林煌緊張的說：「不承認，你們沒有任何證據。」

吳健尉堅定的說：「鍾先生，這些菇是不是香杉芝，我們只要化驗其中的化學成分就會真相大白。你在三天前去過八仙山，我們也掌握了錄影畫面。我勸你坦白交代一切，還可以請求法官輕判；如果執迷不悟，等我們化驗出來，就來不及了。」

鍾林煌愈來愈緊張，開始喘不過氣來，「我……很……不……舒服……」

吳健尉第一次遇到嫌犯身體不舒服的情況，不知道該怎麼辦，他回頭看看小隊長要怎麼處理。

林世佑懷疑的說：「這麼巧？就在這時候不舒服？會不會是假裝的？」

「不論真假，還是要立即送醫院，讓醫生檢查。不過，鍾家的搜查還沒有結束。世佑，立刻呼叫救護車。」江景智接著轉頭壓低聲量對吳健尉說：「健尉，你陪他到醫院，我會聯絡其他小隊警員到醫院接手警戒。由鍾林煌的工作職業和剛才那位阿伯的說法，我懷疑鍾林煌是犯罪集團的會計人員。我們有搜索票，可以繼續搜查他家，如果能搜出犯罪集團帳冊，那是最好的。」

卓峻瑋擔心的問：「可是，等一下屋主不在，我們可以繼續搜查嗎？」

江景智說：「沒關係，屋主不在，我們可以找里長協助監看搜查行動是否合法。」

救護車很快就抵達，防護員見患者呼吸急促，急忙用擔架把鍾林煌抬上車，吳健尉則依照小隊長命令，陪同鍾林煌坐上救護車。

救護車非常狹窄，擔架上的病人占據大部分空間，吳健尉只能坐在鍾林煌的旁邊。

鍾林煌穿著休閒短褲，吳健尉注意到他的右腳比左腳粗，而且又紅又亮。吳健尉心想，這是他走路一跛一跛的原因嗎？

這裡附近最大的醫院就是榮總的新竹分院，救護車很快就抵達急診室。

因為救護車駕駛已經先用無線電向醫院報告患者狀況，所以急診室門口有兩位護理師推著病床等候。

她們協助防護員把患者由車上移至醫院病床後，其中一位護理師誤以為吳健尉是家屬，於是問他：「患者有帶健保卡嗎？」

吳健尉搖搖頭，「沒有，但我知道他的姓名和身分證字號。」

「這樣就可以先辦理掛號，之後再持健保卡來退費。」那位護理師說。

另一名護理師在端詳鍾林煌的臉後，驚呼道：「我在門診見過這位阿伯，他是氣喘病的病人。」

吳健尉急忙提醒她，「雖然他是氣喘病的病人，而且現在確實也喘不過氣，但是請提醒醫生，喘不過氣不一定是氣喘發作。因為我發現他已經吸了很多噴劑，氣喘症狀卻沒有舒緩，加上他本身很胖又抽菸，走路時右腿還有點跛，應該要考慮……」

兩位護理師這才驚覺吳健尉不是家屬，「請問你是……？」

吳健尉拿出證件，「我是警方鑑識人員，這位先生是我們的調查對象。」

曾看過鍾林煌的那位護理師點點頭，「了解，我會把你的觀察轉告給醫生。」

說完，就急急忙忙推著病床進入診療室。

掛號處人員招手請吳健尉辦理掛號，吳健尉把鍾林煌的資料告訴對方，完成掛號。

不久，第五大隊其他兩名警員也接到命令，趕到醫院接手。

吳健尉交代他們，「要全程盯著嫌犯，以他目前的情況當然跑不了，但江小隊長懷疑他是犯罪集團會計，所以不要讓可疑人士有機會接近他。」

兩名警員點頭後，站在診療室外警戒。

吳健尉隨即打手機給江景智，「報告小隊長，鍾林煌目前仍在診療中，兩名第五大隊警員正在監控診療室。請問你們那裡的搜查工作告一段落了嗎？」

江景智說：「搜查完了，本來我期望能找到犯罪集團帳冊，可惜毫無收穫。我們待會去醫院接你，以便盡快化驗搜查到的這袋菇類，如果能確定其為來自八仙山的香杉芝，我們也不算白跑一趟。」

「等一下，小隊長，你們有沒有檢視那尊象牙雕像？」吳健尉突然問道。

「沒有。」江景智說：「你真的要以『買賣象牙』這個罪名，讓鍾林煌定罪？嗯，也好，先用這個理由把他移送法辦，再慢慢調查他和犯罪集團的關係。」

「不，我懷疑帳冊就藏在象牙雕像裡。」吳健尉說。

「喔？」江景智重新把那尊象牙雕像拿起來檢視，意外發現雕像底部有個塞子——原來雕像是中空的。

江景智拔開塞子，裡面掉出一只隨身碟，讓他既興奮又驚訝，「這尊象牙雕像裡藏著隨身碟，藏在這麼隱密的地方，一定是重要機密。不過，你怎麼知道裡面藏了東西？」

吳健尉說：「鍾林煌所有收藏的藝術品中，只有這一件沒有灰塵，代表他常常把玩這件藝術品。我本來以為他對印度神像特別感興趣，但是後來發現他對印度教神祇完全不了解，當然也不可能有興趣。若是如此，他把玩這尊神像一定另有原因。」

「你怎麼知道他對印度神像不了解？」江景智問。

吳健尉笑著說：「那件藝術品是黑天的雕像，他卻說成大黑天。在印度教裡，黑天和大黑天是不同的神啊！」

第十章　疏開

臺北大空襲之後的第二天，爸爸把所有家當收在包袱中——其實，除了爸爸口袋裡剩餘的少數現金之外，在瓦礫中只找到幾件衣物，因此我們全家人的家當，只需要一個包袱就能全部帶走。

因為臺北驛已經被炸毀，他帶著媽媽和我們三個小孩走進萬華驛，搭上往南的火車。日本政府本來在新竹到內灣之間搭建了輕便車軌道——輕便車就是在軌道上行走的臺車，可以載貨，也可以載人，載人的只是在臺車上放置板凳罷了，而且通常以人力推車——但是這條輕便軌道在昭和十五年（一九四〇年）裁撤，準備動工興建鐵支路。不過因為戰爭導致資金缺乏，所以很快就停工了。

我們搭火車到達新竹驛後，每個人都在火車站前，吃了一碗麵當午餐。接著，我們必須換搭客運前往竹東。幸好竹東是附近各鄉鎮的交通樞紐，搭車還算方便。

在竹東下車時，已經是下午，媽媽憂心忡忡的問爸爸：「現在要往哪裡去？」

爸爸說：「先找個地方安頓下來，明天我再去找工作。」

我們沿著客運站前面那條路走，希望能找到願意把房間租給我們的人家。爸爸問了幾個路人，但是雙方語言不通，原來這裡是客人（客家人）居多，每個人都說客話（客家話）。

大約走了幾百公尺，經過一個菜園，一位年輕婦人正舀水澆菜。爸爸上前打聽附近有沒有房間可以出租，對方用福佬話（閩南話）回問：「你們是福佬人（閩南人）？哪裡來的？」

因為一路走來，遇到的每個人都講客話，這位阿姨竟然會說福佬話，爸爸反而驚訝的問：「妳怎麼會說福佬話？」

阿姨說：「我在菜市仔（菜市場）賣菜，什麼客人都有，我什麼話都會說一點。」

媽媽立刻上前求助：「我們是從臺北『疏開』到這裡來，請問妳有沒有多餘房間可以借我們住，我們會付妳房租。」

阿姨放下手中的勺子，仔細端詳我們一家人，接著嘆口氣說：「進來吧！」

在天黑之前能找到住宿的地方，真是太幸運了。爸爸媽媽不停向那位婦人打躬作揖，她引導我們穿過菜園，進到屋內。

這時，屋外跑進來一個瘦削男孩，年紀和我差不多，對婦人叫了聲

「阿姆（音近『a、me、』，客語的『母親』）」。婦人摟著男孩對我們介紹道：「這是我的倈仔（音近『lai e´』，客語的『兒子』），名叫春水。」

接著她低頭對春水說：「你的房間讓給他們睡，這段時間，你跟我睡。」

當天晚上，婦人還煮了晚餐給我們吃，她對媽媽說：「你們剛到，除了包袱之外，什麼都沒有帶，怎麼煮食？雖然我這裡沒什麼好料，不過菜園裡摘的菜就夠吃了。李桑（李先生）明天找工作順利的話，應該會立刻被派到山上伐木。我看我們兩個婦道人家也別分彼此，共同分擔家裡勞務，妳幫我種菜和煮食，就不必付房租了。多餘的菜，我挑到竹東市場去賣，賺的錢勉強足夠生活。」

爸爸媽媽惶恐的說：「那怎麼好意思！」

婦人手一揮，「就這麼說定了。」

我們住在竹東期間，雙方就一邊用福佬話，一邊用客話，加上比手畫腳溝通；如果還行不通，那就用猜的。慢慢的，我們聽懂一些客話，溝通愈來愈沒有困難。漸漸的，我們知道，這位阿姨名叫瑞妹，丈夫被徵召當軍伕，前往南洋參戰，春水是她的孤囝（獨生子）。

那一夜，我們第一次在竹東睡覺。雖然全家五口擠在一個房間，可是比起祖師廟的閣樓，這個房間其實大多了。

第二天一早，媽媽搶著比瑞妹阿姨早起，趕忙把早餐煮好。她說瑞妹阿姨不收房租的話，我們就要多做點家事補償。

阿姨起床之後，非常驚訝。

媽媽緊張的說：「我們福佬人的口味，不知道妳是不是吃得慣？」

阿姨笑著說：「戰爭期間，有東西食（吃）就很好了，還挑什麼口味？還有，我把妳當姐妹，妳別把我當『大家』（婆婆）。」

媽媽一聽，也笑了出來，「我頭家（先生）是十幾歲時，隨他阿叔從唐山（指中國大陸）過來的，他的媽媽還在老家，我可從來沒侍候過『大家』呢！」

吃早餐時，爸爸向瑞妹阿姨打聽哪裡有伐木工作。爸爸只知道同鄉阿成在竹東林場工作，卻不知道要怎麼樣才能找到阿成。

阿姨說：「植松材木店規模最大，出張所（日語，出差辦公處所，類似分公司）離這裡很近，你先走回客運站，然後右轉再走一小段路就能看到了。」

爸爸依照阿姨指示，走到植松材木店應徵，沒想到馬上被錄取。爸爸立刻回來報告這件喜訊，「我一報上阿成的名字，馬上就被錄取。」

媽媽鬆了一口氣，「住所有著落，你又順利找到工作，真是菩薩保佑。」

瑞妹阿姨說：「清朝時期，我們竹東古地名叫樹杞林，是樹很多的地方。新竹地區遍地都是樟樹，樹杞林、月眉、北埔、斗煥坪、三灣這些地方都有很多樟樹，自嘉慶、道光年間已經著手採伐。日本人來了之後，清點土地，凡是無人能提出持有證明的林地，全部劃歸國有，這樣一來，他們就多了很多可以開採的資源，加上戰爭需要，開始大量砍伐樹木。你急著找工作，他們比你還急，怕找不到工人伐木。」

「是啊！不但立刻錄取我，還要我今天中午就上山。」說到這裡，爸爸問媽媽：「今天上山，可能一、兩個月才能下山回家，妳一個人在這裡照顧三個孩子，可以嗎？」

媽媽笑著說：「可以，我又不是一個人，有瑞妹姐幫我照顧小孩，你不用擔心。」

爸爸便開始打包換洗衣服，吃過午餐後，他交代媽媽：「每個月月底，妳記得拿我的印章到出張所領薪水，家中有緊急事要通知我，也告訴出張所的人，他們每天都有人搭乘運送木材的輕便車上山，可以替妳帶話。」

媽媽含著淚點點頭。

爸爸又對我說：「罔市，妳是大姐，要幫媽媽照顧弟弟妹妹，知道嗎？」

我點點頭。

於是爸爸轉身離去。這一去，就是兩個月。這段期間，媽媽幫忙瑞妹阿姨種菜、煮飯和賣菜，我則帶著弟弟妹妹四處閒逛。

到了月底，媽媽照爸爸囑咐到出張所領薪水，但因為她不會說日本話，就要我陪她去。

植松材木店有一道很像鳥居的木頭大門，上面爬滿蔓藤，兩旁圍牆也是木頭圍建而成。走進大門，裡面非常寬敞，有一座大水池，那是貯木池，用水泥隔成好幾個小池。人們可以行走在小池之間的水泥隔牆上，視察貯木池中情況。

臺車軌道延伸到貯木池旁，砍下來的原木，必須操作天車（起重機）吊起後，放入池中浸泡，讓樹脂釋放，延長木頭使用期限。植松材木店的貯木池可容納一萬石的木材，是全島民營公司最大的貯木池。

五月底的臺灣已經很熱，在許多漂浮的粗大樹幹間，有個青年打赤膊，在貯木池裡游泳。

因為植松材木店砍伐的木材，主要是運送到高雄左營海軍警備府施設部造船，日本政府為了掌握木材數量，還在植松材木店派駐人員，所以這裡有日本軍人宿舍，可說是戒備森嚴，現在竟然有人打赤膊游泳，真是怪事。

我們經過池邊時，青年正好把頭露出水面，攀在浮木上喘氣；他見到我們，還笑嘻嘻打招呼。

出張所辦公廳是一棟木造房舍，屋頂鋪著紅瓦，我們進入辦公廳時，已經有很多家屬在排隊領薪水。

他們說那個游泳青年是竹東另一間日本企業——鹽野義香料株式會社首席工程師的兒子，名叫阿部健。他本來在臺北一中（現今的建國中學）讀書，也是因為「疏開」回到竹東。因為兩間公司都是日本人開設，員工及眷屬互相熟識，因此他常來這裡游泳。

我們順利領到爸爸的薪水之後，就離開出張所。

平日，我常帶著Akiko、Mu-ne在竹東四處蹓躂，春水有時也和我們一起玩。不過，他大部分時間都和其他客家小孩玩四色牌——這種四色牌共有黃、綠、紅、白四色紙牌，上面和象棋一樣寫著將、士、象等字，再加上畫著人像的公、侯、伯、子、男五張牌。這種四色牌玩法很複雜，春水教了我幾次，我都聽不懂，他就懶得教我，又去找他原來的玩伴。

那時，Akiko、Mu-ne分別是四歲和三歲，他們學客話的速度比我快，也和鄰居小孩玩在一起，所以我有時就一個人閒晃到很遠的地方，也發現竹東在某些方面比艋舺更進步。

我到竹東後最震驚的是，瑞妹阿姨家煮飯不必生火，有一種用管線送來的天然瓦斯，打開就有火。

在艋舺，晚餐的生火工作是由我負責。首先我必須劈柴，把粗柴劈細，架在爐子中層鐵架。細柴上再放粗柴，粗柴上放小顆煤炭粒，最上面才放大顆煤炭塊。接著把廢紙揉成一團，塞進爐子底部，用番仔火（火柴）點燃，火焰就會逐漸向上引燃木柴和煤炭。

煤炭燃燒會產生很多煙，燻得人不斷咳嗽和流淚。因為我在艋舺時要上學，早餐和午餐通常是由媽媽生火，但我還是會陪著她被燻。左鄰右舍生火時間不同，互相煙燻，每天要掉十幾次眼淚，苦不堪言。所以我在竹東第一次見到天然氣瓦斯，簡直大開眼界。

戰後我回到艋舺，又恢復生火的日子，必須再等二十幾年我兒子讀國中時，家裡才有瓦斯，而且還是桶裝瓦斯。我真正用到天然氣瓦斯，是等到我兒子成家，自己買房子以後的事。

為了知道天然氣瓦斯是怎麼來的，我從阿姨家往南走了大約四十分鐘，抵達一個叫員崠子的地方。那裡有一間「臺灣礦業株式會社竹東油業所」，我只看到高高的鐵塔，人家說那就是鑽油設備，可以開採石油和天然氣。

有一天早上，我在瑞妹阿姨家附近閒逛時，經過鹽野義香料株式會社，正好看到阿部健站在會社門口。

我基於禮貌，向他道了聲早安。

他很高興的說：「妳會說日文？妳就是那天陪媽媽到植松材木店的小女生對不對？我聽到妳和媽媽用福佬話交談，應該不是竹東人，妳們從哪裡來？」

「我們是萬華人，因為『疏開』，才來到竹東。」

「啊，萬華！我在臺北讀第一中學，離萬華很近哪！妳們住在萬華哪裡？」

於是我們就聊起來，從萬華的種種，聊到在竹東的所見所聞。

「你們這間香料公司怎麼會跑到竹東開設工廠？」我好奇的問。

「我爸是公司工程師，我們被分派到竹東，一方面是為了在這裡經營農園，再把香草植物成分提煉為香料。另一方面，我們認為臺灣的香杉可

能含有醫藥成分，所以我們和材木店合作，由他們提供香杉，我們提煉精油進行研究。」

他停了一下，「妳有去員崠子看煉油設備嗎？」

我點點頭。

「把香杉中的精油提煉出來，是用水蒸餾法或水蒸氣蒸餾法；把石油中的成分分離出瓦斯、汽油、煤油等成分，是用分餾法。原理類似，但是方法不同。」

他是高等科學生，他說的日語有許多艱深用字，我聽不懂，只能皺著眉。

他看我聽不懂，就說：「唉呀！妳太小，沒上過化學課，妳進來實驗室，我講給妳聽。家父一向不讓外人進入實驗室，但他今天早上到材木店開會，妳剛好可以進來。」

這是我第一次，也是唯一一次踏進化學實驗室。

首先，我看到黑色木桌上有一只銅製燈座，上面正噴出藍色火焰。

阿部健說：「這叫本生燈，它使用的燃料是竹東生產的天然瓦斯。」

本生燈上有個圓形瓶子，阿部健說那是蒸餾瓶，裡面有幾塊香杉木片浸泡在滾水中，蒸氣不斷往上冒。

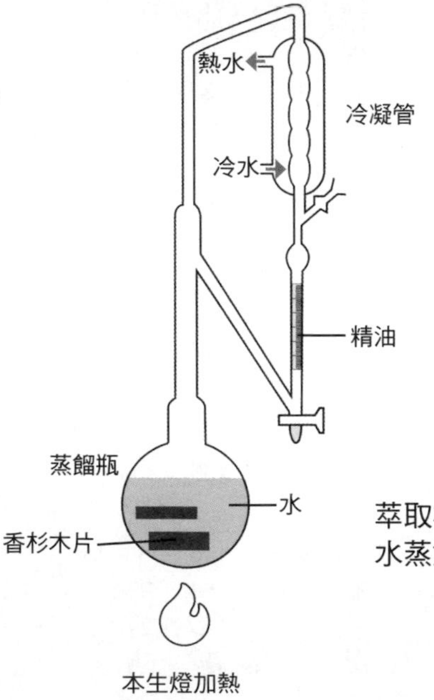

萃取植物精油的水蒸餾法。

蒸餾瓶上連接到一個奇怪器材，叫冷凝管。

冷凝管有兩層，內層是讓水蒸氣通過的管道，外層有兩個出入口，冷水由下方流入，熱水由上方流出。因為有水的冷卻，水蒸氣在管中冷凝，往下流入一個V字形管子。V字形管子的最低點有開關，右臂有刻度。

阿部健指著V字形器材說：「香杉木片泡水加熱產生水蒸氣，水蒸氣內含香杉精油，離開蒸餾瓶後，在冷凝管中凝結為液體，就流入這個V字形管子裡。精油比較輕，會浮在水上，只要打開底下開關，讓水流走，就能夠得到精油。我們可以透過上面的刻度知道，一定重量的香杉能夠提煉多少精油。」

我聽不懂那些科學原理，更不懂為什麼日本人非要跑來臺灣砍樹和煉精油製藥不可？

「難道日本沒有樹嗎？」

「當然也有，其實在明治天皇時代，建造總督府等官廳和內地人（日本人）居住的房子，都由內地（日本本土）把新宮材——來自和歌山縣新宮市的木材——運來臺灣搭建。後來總督府對臺灣森林資源做了一番調查，才知道臺灣林木又多又好，讓內地人讚歎為『無盡藏』，從此才開始開採臺灣森林，並且把部分優良木材運回內地建造神社。近年來，為了戰爭需要，砍伐得更多，而且有些樹真的只有臺灣才有，像香杉就是臺灣特有種。」

「那你們的研究有發現香杉精油有特別藥效嗎？」

「還不知道，目前只知道好像可以殺死一些細菌。」阿部健說。

這時，一個穿白袍的中年人走進實驗室，見到我很不高興，立刻板起臉孔，問阿部健：「為什麼讓外人進實驗室？快點把她趕出去！」

阿部健臉色發青，一言不發帶頭走出實驗室，我也跟著走出去。

走到工廠門口，他滿懷歉意對我深深一鞠躬，「對不起，我不知道家父這麼早就回來了。」

我還沒有回話，他爸爸又從裡面大喊他的名字，他急忙轉身跑回工廠，從此之後，我再也沒有見過他。

七月底，爸爸終於下山回到竹東休假。他整個人變得又黑又壯，結實許多。

我問爸爸，他離開這麼久，到底在哪裡工作。

爸爸提到許多地名，像天打那、錦屏、加拉排（嘉樂）和新樂，都是我從來沒聽過的怪名字。

爸爸笑著說：「因為那都是泰雅族部落名稱，好的木材都在番地啊！」

接著，他嘆了一口氣，「雖然我為了生活不得不參加伐木，但是看著那麼大片樹林，一棵一棵樹不停被砍倒，實在很心痛。光是我工作的那個地方，一年就砍掉一萬多石的香杉。那些樹要幾千年才能長成這麼高大筆直的巨木，但是按照這種速度砍下去，不到二十年將會全部被砍光，一棵也不剩。」

爸爸回家只住了兩天，又回到山上，但是因為工作和生活大致穩定，這次的分別就沒有那麼傷感。

沒想到，爸爸離開後才半個月，我卻闖下大禍。

那天早上，我像平常一樣，打算一個人到處閒逛，突然想到：竹東有沒有學校可以念書呢？我這一生一直都想著要上學和讀書，因此我當時心裡也想著，有沒有可能在這裡上學呢？

我問了春水，他說有一所竹東旭國民學校（現今的竹東國小）。

「我本來也是讀那所學校，但是因為戰爭開打，老師一個一個被徵召當兵，全校只剩兩位女老師，根本沒辦法上課。為了建造防空壕，高年級學生必須去河邊搬石頭，我們低年級學生則要上街撿破銅爛鐵，拿回學校，說是要製造武器。五月二十八日那天，米國飛機還轟炸竹東，我的學校被炸得很慘，一間教室全毀，十一間教室半毀，所以我就不用去學校了。」

原來在臺北大空襲前三天，這裡也遭到空襲，那我們「疏開」到竹東，是正確選擇嗎？

無論如何，我還是想去看看這所學校，就問了春水要怎麼去竹東旭國民學校。經他回答，我發現原來學校就在離客運站不遠的地方。

我看媽媽在廚房，Akiko和Mu-ne在菜園玩，所以我就獨自出發了。

學校其實離瑞妹阿姨家非常近，我一下子就走到了。奇怪的是，那天路上有很多日本警察和憲兵，校門口也有一名日本警察，他嘴脣上方留著一小撮鬍子，腰上佩著刀，正在指揮軍用大卡車停靠在校門口。

竹東旭國民學校地勢比街道高，要進入校門必須走上階梯，階梯兩旁是大石頭堆成的斜坡。

校門口擠滿學徒兵，來回搬運卡車上的貨物進入校園，我無法靠近校門，只能攀爬大石頭斜坡到圍牆邊，想找空隙往裡面窺探。但是我的個子太矮，看不到圍牆內景物，只好搬來一塊石頭墊腳，然後站在石頭上，踮著腳尖，用手攀住圍牆，勉強往校園裡看。

因為房舍擋住，我只能看到靠近圍牆的那幾間教室，教室裡堆滿各式木箱，校園裡還有很多學徒兵走來走去，忙著搬運軍用卡車送來的物資——看來沒被炸毀的教室已經改成軍用倉庫。

這時，原本在門口指揮軍車的日本警察發現我趴在圍牆外窺探，用日本話大聲斥責：「喂！妳在看什麼？」

我嚇了一跳，放開圍牆，並往後退了好幾步，雙手同時揮舞著，表示沒事。

但是那名警察凶巴巴對我招手，「過來！」

我嚇得連滾帶爬，跳下斜坡，拔腿就跑，本來以為跑掉就可以了，沒想到他竟從後面追過來，而且還吹起哨子。

一聽到哨子響，街上其他警察和憲兵也注意到我，紛紛向我圍過來。

情急之下，我只好拿出接力賽跑最後一棒的實力，拚了全力跑，而且盡量找小巷子鑽。

我一直跑，一直跑，跑到後方沒有哨音與腳步聲時，才停下腳步。

我發現眼前是上坪溪，原來我已經跑到竹東邊界，過了這條溪，就是陌生的地方了。

第十一章　盜伐集團

回到大隊部後，小隊長江景智問吳健尉：「你說黑天和大黑天不一樣，是什麼意思？」

吳健尉深深吸了一口氣，這要講清楚，可不容易，「簡單來說，印度教認為宇宙的創造、維持和毀滅，分別由創造者梵天、維護者毗濕奴，以及毀滅者濕婆三個神祇掌管。這尊象牙雕像是一個牧童，頭上戴著孔雀羽毛，吹著牧笛，這是黑天的形象，祂是維護者毗濕奴的化身；大黑天則是毀滅者濕婆的象徵，祂頭戴五骷髏冠，脖子上掛著一串骷髏，恐怖而憤怒。祂們當然是不一樣的神。」

江景智搖搖頭說：「聽得我都頭痛了，你怎麼會對印度教神祇這麼熟悉？難道你是印度教信徒？」

「當然不是啦！」吳健尉尷尬的搔搔頭，「其實是在手機遊戲『怪物彈珠』裡出現大黑天，我基於好奇，才把這個角色搞清楚。」

江景智搖搖頭走了，只交代吳健尉要讀取出隨身碟裡的資料。

可是，由鍾林煌家取回的隨身碟，插入電腦主機卻無法讀取，因為檔案設了密碼。吳健尉只好把隨身碟交給資訊組人員，請他們設法破解。

沒想到過了幾天，仍然無法解開密碼，正當大家一籌莫展時，派駐在醫院病房看守鍾林煌的警員傳來消息：鍾林煌要求和吳健尉見面。

吳健尉有點訝異，但是經過請示後，小隊長同意他去會面，「根據回報，鍾林煌一度被送進加護病房治療，不過找出病因之後，已經轉入普通病房。你去問問他有什麼要求，最重要的是必須問出隨身碟密碼。」

吳健尉站在鍾林煌病房門口時，值勤警員跟他說：「主治醫師還在裡面。」

吳健尉正想敲門，病房門就打開了，主治醫師走了出來，是個留平頭、戴眼鏡的中年人，兩鬢斑白，胸前掛著聽診器，後面跟著幾名住院醫師和護理師。

其中一位護理師看到吳健尉就對主治醫師說：「白醫師，前幾天提醒我們『喘不過氣不一定是氣喘發作』的人，就是這位先生。」

吳健尉也認出她就是那位急診室護理師，他心想，護理師可能要常常在不同單位輪調，今天才會出現在心臟內科病房吧！

白醫師停下腳步，轉頭向吳健尉說：「一個有氣喘病史的人發生喘不過氣的情形，當然會被猜測是氣喘復發；幸好你提醒了我們，急診室醫師注意到他身型肥胖、腳部又有水腫，為他進行肺血管造影電腦斷層掃描，很快發現他有肺栓塞症狀，因此才轉診來心臟內科。我使用傳統肝素進行抗凝血治療，這幾天他的情況漸漸好轉，這都要感謝你。」

吳健尉微笑著點點頭，和他猜想的差不多。

鍾林煌年紀大，已經六十二歲，加上體重過重，又抽菸，腳有點跛，最重要的是——當初他在救護車上看到鍾林煌的右腳比左腳粗，而且紅紅亮亮，就聯想到可能是深部靜脈栓塞。

這種病顧名思義是發生在深部靜脈的血栓，長期沒有活動（如臥病在床或長途飛行航程）、先天性血液凝固疾病，或是血管內皮受損（如剛動過手術），很容易產生這種疾病，而肥胖、抽菸也是高危險因子。

因為血栓通常出現在腳部靜脈，所以患者經常會有一隻腳水腫；腳部血栓如果跟著血液流動，堵塞在肺部動脈，就變成肺栓塞。

白醫師又問：「聽說你不是醫科畢業，怎麼有辦法迅速做出判斷？」

吳健尉笑著說：「我在鑑識科學研究所時，上過一門課叫『法醫學特論』，當時教授曾經舉例說明肺栓塞是經常被誤診的疾病，許多案例都是患者死亡後，透過解剖才知道是誤診。」

白醫師點點頭說：「沒錯，肺栓塞確實是誤診率很高的疾病，很容易被當成氣喘或心肌梗塞。即使是在美國，也有七成的肺栓塞患者是在死後解剖才發現的。這次能這麼迅速診斷出來，真的要感謝你。進去吧，鍾先生在等著你！」

說完，白醫師就走到下一間病房，一群年輕醫師和護理師也跟在他後面走了。

吳健尉推開房門走了進去，那是一間舒適的單人病房，鍾林煌還請了一名看護。鍾林煌見吳健尉進來，就請看護先出去。

「少年仔，謝謝你，白醫師有跟我說，多虧你的提醒，他們才能很快判斷病因。」鍾林煌緊緊握著吳健尉的手，「我這條命算是你救回來的啦！」

吳健尉不好意思的說：「沒那麼誇張，我只是把我的疑慮說出來而已。」

「你不要跟我客氣。」鍾林煌嘆口氣說：「我算是走了一趟鬼門關，這幾天躺在病床上想了很多。我這幾年幫盜伐集團作帳，雖然賺了不少錢，但是總覺得良心不安，而且天天擔心被警察逮捕。這次死裡逃生，我不知道還剩幾年可以活，但是無論如何都不希望繼續生活在歉疚與恐懼之中。」

吳健尉高興的說：「如果你可以供出其他共犯的犯罪事實，那麼我們會請檢察官將你轉為汙點證人，就可以減輕刑罰。」

鍾林煌點點頭，「其實這個盜伐集團組織嚴密，我只負責記帳，並非核心份子，不知道所有的犯罪計畫。不過，只要是我知道的事情，一定知無不言。」

「你不是核心份子？可是，八仙山香杉芝盜採案是你指揮的吧？」吳健尉懷疑鍾林煌想推卸責任。

鍾林煌急忙澄清，「八仙山的香杉芝不是集團要的東西，是我身體不好，聽別人說香杉芝可抗老化、抗發炎，因此拜託集團裡負責砍伐的原住民幫我盜採，酬勞也是我自掏腰包付給他們，算是他們私底下賺的外快。因為新竹縣林地屬於集團勢力範圍，所以他們不敢在新竹縣動手，要求我自己到八仙山取貨。」

「你知道他們的姓名嗎？」吳健尉問。

「我只知道他們住在天打那，兩人是叔姪，漢姓是呂。盜伐集團分工細膩，砍伐和載運者付出的勞力最多，風險最大，分贓卻最少，呂姓叔姪只是集團中最低階層。」鍾林煌真心悔改，打算把知道的內幕全都說出來，「賺最多的首腦，因為躲在幕後，所以不會被捕。」

接著，鍾林煌說出集團運作方式，「這個集團以『黎明工程公司』名義登記，圍標山區合法公共工程，如道路維修、河川整治等，堂而皇之將重機具駛入山區，伺機而動。」

能以這種「合法掩護非法」方式圍標工程，並且買通官員，絕非一般百姓能做到。這個集團的幕後首腦是何等人物呢？吳健尉不禁眉頭深鎖。

「盜伐集團在盜伐之前，會先派出勘地選樹組，這些人先到山區查看哪裡有值得砍伐的樹木，勘察完畢後，評估犯罪行動必須花費的天數與參與人數，再由採買補給組就所需的鏈鋸、運輸器材、消耗油品、零件，以及人員食宿的糧食、睡袋等生活必需品進行採買，並且送上山。動手時，除了砍伐組之外，還會派出交通運輸組及站哨把風組，遇到陌生人車出現在附近，就主動回報狀況。」

鍾林煌繼續說：「像我就負責事先採買和事後發放酬勞。領錢存錢的事，老闆會交代我去做；但行動細節，老闆不會讓我知道。」

組織這麼嚴密，要怎麼突破？吳健尉心中邊盤算，邊接著問：「老闆是誰呢？」

「施黎丘。」鍾林煌據實以告。

吳健尉在新聞報導中聽過這個人，他本來是黑道大哥，外號泥鰍，後來選上民意代表，更是囂張。不過，壞事做多了，總是會被抓到，他最後因為貪汙罪被判刑，卻又潛逃到國外，「他不是在國外嗎？」

「是啊！他潛逃出國之後，留在國內的工程公司，就由保鑣袁澤翔掛名為負責人，可是『泥鰍』仍然以手機指揮集團運作。」鍾林煌說。

現在手機的國際漫遊方案確實很方便，幾乎不會覺得自己是在打越洋電話。施黎丘即使人在國外，要指揮犯罪也毫無困難。

鍾林煌補充說明，「不過，老闆不在國內，畢竟鞭長莫及，這幾年集團勢力逐漸衰弱，加上政府取締愈來愈嚴格，剛才我說的那種大規模伐木現象，已經很久沒看到了。」

吳健尉點點頭，「最後還有一件事，你藏在象牙雕像裡的隨身碟，我們已經找到了，打開檔案的密碼是什麼？」

鍾林煌苦笑道：「啊？你們連這個也搜到了？好吧，算你們厲害，密碼是o9qdy。」

「啊？這種毫無意義的亂碼，你怎麼記得住？」一般人總會以生日、電話號碼或汽機車牌照號碼等比較容易記憶的字串做為密碼，所以想解開密碼的人，通常也是如此猜測並嘗試。

「不用記啊！我問你，我們老闆的綽號『泥鰍』，英文是什麼？」鍾林煌問。

吳健尉想了一下，這個單字很少用到，也不容易記住，幸虧爸爸是英文老師，從小就訓練他背了很多單字，「loach。」

「沒錯，你只要按照順序在電腦鍵盤上，按下這五個字母上方的鍵，就是密碼。」鍾林煌說。

吳健尉又想了想才明白，原來美式鍵盤上，英文字母L的上方是O，O的上方是9，A的上方是Q……依此類推，所以他只要記住密碼是泥鰍loach，然後按上方的鍵，就可以解開密碼。

警方根本不知道盜伐集團以黎明工程公司名義做為掩護，當然也不知道首腦是泥鰍，更不知道要用上方的鍵取代原來的鍵，難怪無論如何都解不開密碼。這個集團的人這麼狡猾，可真不好對付呀！

回到大隊部之後，吳健尉把這次談話獲得的資訊向小隊長報告。

江景智很高興吳健尉能取得寶貴情報，他立刻召集屬下，發布一連串命令：「世佑向檢察官請求將鍾林煌轉為汙點證人，並且申請搜索票；健尉把隨身碟密碼交給資訊組，解開盜伐集團帳戶明細。接下來，你們三人前往天打那部落打聽呂姓叔姪的真實姓名與底細，我會帶領其他小隊員搜索黎明工程公司。」

檢察官很快就同意把鍾林煌轉為汙點證人。有了密碼，資訊組順利開啟隨身碟檔案，盜伐集團的金錢流向都一清二楚。

至於到天打那調查呂姓叔姪的任務，林世佑也擬好計畫，「原住民很團結，我們外人貿然闖進去，可能會遭到抵抗。所以，我們最好假扮成迷路的觀光客，先進入部落探探虛實。」

於是他們三人都穿上便服，由吳健尉開著一般小轎車，往天打那部落出發。在第一次隨著小隊長出任務，車子要駛過錦屏大橋之前，吳健尉就注意到路邊有天打那部落招牌，所以他知道該怎麼走。

在駛上錦屏大橋之前，吳健尉把車頭向右轉，經過很短的路程後，就看到教堂和幾戶住家。其中一戶門口有一張茶几，上面擺滿小點心，幾個人正圍坐著泡茶、聊天和吃點心，一見到有外地車輛停靠在路邊，每個人都睜大眼睛看著他們。

林世佑按照計畫下車問路，「我們要到宇老……」

那群人七嘴八舌熱心的告訴他們開錯路了。

吳健尉看到其中有一名綁馬尾的女子，穿著綠領大地色上衣、深色長褲，正開心笑著，他認出那是森林護管員制服，立刻改變主意，開門下車，走向聊天的那群人。

他問那名綁馬尾的女子：「妳是巡山員？」

「是啊！你怎麼知道？很少人看過這套制服！」女子臉上依舊掛著笑

容。

「我認識很多巡山員，但我真的從來沒看過他們穿制服，因為巡山員工作辛苦又危險，都是穿著方便爬山的衣服，只有在正式場合才會穿上制服——所以，今天妳是遇上特別的日子了？」吳健尉問。

一名頭髮斑白但體格健壯的老人，起身邀請他們坐下，「我女兒今天早上剛去領獎，她因為屢次撲滅森林火災，受到表揚，我們正在為她慶祝。來來來，坐下來一起喝杯茶。」

於是，林世佑、卓峻瑋和吳健尉就坐下和他們聊起來。

說到森林的種種，林世佑三人也是如數家珍，很快就和這幾位原住民朋友聊得很投緣。

女子終於忍不住發問：「奇怪，一般漢人對山上情形都不是很了解，你們三個倒是非常熟悉，很少見喲！」

吳健尉和林世佑、卓峻瑋三人對看一眼——既然對方是巡山員，也是維護森林的一份子，他們決定不再掩飾身分。

林世佑嘆了一口氣，「不瞞你們說，我們是森林警察。」

為了取信對方，他們三人都掏出證件給大家看。

女子不但沒為他們先前偽裝成觀光客感到生氣，反而伸出手來，「你們好，我是新竹林管處的森林護管員馬柑・卡勞（Magan Kalaw），這位是我爸爸卡勞・魯密（Kalaw Lumit）。」

三人和馬柑・卡勞的家人一一握手之後，林世佑說出此行任務，「我們為了追查尖石鄉盜採樹瘤案，輾轉追查到貴部落，不知這裡可有姓呂的叔姪兩人？」

卡勞・魯密揚起眉角，「你說的是呂憲盛和他的姪子呂維弘嗎？」

他們三人不知道呂姓叔姪的真實姓名，吳健尉答道：「可能是。部落裡有很多姓呂的叔姪嗎？我們要追查的是為盜採集團跑腿的山老鼠。您說的呂憲盛和呂維弘，平日都穿著雨鞋、帶著鏈鋸嗎？」

馬柑・卡勞說：「他們的車上確實隨時都載著鏈鋸，不過他們是黎明工程公司員工，經常要清理和搬運落木，帶著鏈鋸很正常啊！」

「黎明工程公司？那就對了！」吳健尉粗淺解釋了盜伐集團如何利用黎明工程公司掩護非法行動的犯行。

卡勞・魯密聽了之後非常氣憤，「我們部落這幾年努力轉型想成為觀光景點，這對叔姪本來想獨吞觀光資源，成立觀光發展協會，招攬部落裡所有觀光生意，但是不被部落的人認同，大家都不和他們合作，他們氣憤之餘，就關閉觀光發展協會，整天往外跑——我們還以為他們轉去做工程，原來是從事不法勾當！」

馬柑・卡勞說：「我們泰雅族人一向堅守gaga的信念，gaga就是祖先留下來的訓示，要所有泰雅族人基於共同血緣，一起愛護山林。這種盜伐林木的行為會觸犯gaga，任何有良知的泰雅族人都不能容忍，我願意協助你們阻止盜伐。」

「太好了，呂憲盛和呂維弘兩人目前在部落裡嗎？」林世佑問。

「沒有，他們今天一大早就開著車子出門了……糟糕，該不會又去砍樹了吧？」卡勞・魯密不免擔心那些樹又要遭殃了。

吳健尉突然有了一個想法，「你們知道他們的手機號碼嗎？」

卡勞・魯密拿出手機查看通訊錄，「我有呂憲盛的手機號碼，只是很久沒打給他了。」

吳健尉抄下號碼後，立刻回報給資訊組，「請幫我查這支手機的位置。」

卡勞・魯密驚訝的問：「你們光憑號碼就可以知道手機位置？」

「當然可以！」吳健尉點點頭，「因為手機隨時會與鄰近基地臺交換訊號，大家才能接到電話，所以只要有鄰近幾個基地臺的數據，當然就可以推算出手機位置。一直以來，警方已經使用這個方式救了許多落難登山者，即使登山者陷入昏迷或者迷路無法回報所在地點，只要手機有電，搜救單位就能知道你的位置。」

吳健尉好不容易向卡勞・魯密解釋完手機定位原理，資訊組人員就回電了，「你查的那支手機，現在位置在水田部落附近。」

吳健尉掛上電話後詢問：「水田部落在哪裡？」

卡勞・魯密往東北方一指，「不遠，離這裡大概十六公里左右。」

林世佑用無線電向小隊長報告他們目前查到的線索。

江景智指示他們：「你們三人立刻趕到水田部落阻止盜伐，我目前在工程公司查獲一些資料，但是公司掛名負責人袁澤翔不在，等這裡的搜查告一段落，我會立刻趕過去支援你們。」

吳健尉等人接獲命令，馬上準備開車出發。

馬柑・卡勞說：「我帶你們去吧！那裡是我的巡守範圍，他們敢動那裡的樹，我一定饒不了他們！」

馬柑・卡勞說完，就打開車門坐進副駕駛座，林世佑和卓峻瑋則移往後座。

吳健尉發動引擎，他內心十分振奮——追查那麼多天，終於快要有結果了！

第十二章 逃

我還在遲疑之際，彷彿聽到後方又有人在吹哨子——日本警察還在追我嗎？我顧不得一切，涉入上坪溪，往對岸走去。

幸好此處溪水不深，我扶著幾顆大石頭，很快就走到對岸。為了避免被日本警察發現，我急忙躲進樹叢裡，心裡盤算著：接下來要怎麼辦？

我突然看到遠方有裝滿木材的輕便車，沿著軌道跨過上坪溪，往竹東疾馳而去。

當時新竹到內灣的載人輕便車軌道已經拆除，但是從山上載送木材下山的軌道可不能拆，否則植松材木店就沒有木材可以送交日本軍。

我心想，如果我沿著軌道往遠離竹東的方向走，是不是就可以走到爸爸工作的地方？

打定主意之後，我就起身在與軌道保持一定距離的樹叢裡前進，因為我怕被輕便車上的人發現，而且聽說這一帶是番地，我也怕被番人發現。這種前進方式還有一個好處，那就是軌道為了順應地形而彎彎曲曲，但我可以看著軌道走向，抓取最短路徑，少走了不少路。

一部部輕便車由山上運送巨木下山，輕便車一出現，我就必須躲起來，免得被發現。可是輕便車的出現，也代表我沒有走錯路，等於宣告我並未脫離漢人生活圈，使我比較安心。

輕便車又稱為臺車，是使用人力推動的軌道車。軌道沿著斜坡架設，運送木材下山時，靠著斜坡就可以往下滑；空車要回到山上，就得靠兩個人推送。

我一直走、一直走，從上午走到下午，走到肚子餓了，還是只能繼續走。一路上，輕便車不停輸送木材下山，難怪爸爸說樹木遲早會被日本人砍光。

走著走著，我來到一座遍地都是櫻花的河邊小村莊，這裡另有一段輕便車軌道，但不是用來載木材，而是用來載煤炭。

我的肚子實在很餓，因此打算進入村莊找食物吃。我經過一所學校，校門口寫的校名是「大肚國民學校內富分教場」——學校本來是我最喜歡的地方，但今天卻為了想看學校而惹出這場大禍，這所學校會不會也有警察駐守呢？

這時，道路的另一頭真的走來一名日本警察，我嚇得渾身發抖，幸好他沒有理會我，我也裝作若無其事，恭敬向他行禮後，與他擦身而過，趕緊尋找下一個轉彎處，離開村莊。

我沿著油羅溪邊，繼續與軌道保持距離，往深山走。

多年之後，我八十歲生日時，女兒請我到新竹縣尖石鄉泡溫泉、吃大餐，當車子駛過內灣，我就認出來了——雖然現在內灣已經不再以櫻花著稱，而是以販賣野薑花粽聞名，但那裡就是我當年上山找爸爸時路過的小村莊啊！

為了避免再次遇到日本警察，我走的路線離輕便車軌道更遠了，加上太陽逐漸西斜，我又餓又渴，感覺自己頭昏腦脹。我開始擔心，我會不會在找到爸爸之前就餓死？

我的右手邊是溪流，幸好此處溪水很淺，全是大石頭。我找了個河道較淺的地方，再度涉水到溪流的另一岸。

我心知肚明，我已經漸漸接近番地，但聽爸爸的描述，他伐木的地方本來就是番地，所以我不能害怕。只要找到爸爸，他就會保護我的。

我又繼續走，走了很久，早已餓到沒力氣。這時，天空突然變得陰沉，好像快下雨了。八月的芒草已經開花了，我鑽進芒草裡躺著，打算睡一覺。

因為太累，我很快就睡著，不知睡了多久，直到我被腳步聲驚醒，急忙在草叢裡站起身——

只見一名和我差不多年紀的少年，頭綁著長長飾帶，身穿白色長衣，上面有黑色及紅色橫紋，打赤腳，左手拿著刀鞘，右手按住刀柄，作勢要拔出來砍人，嘴裡還大聲嚷嚷著我聽不懂的語言。

我遇到番人了！

在這荒郊野外，獨自面對番人，而且他手裡拿著刀，我該怎麼辦？

我嚇得大哭起來。

那名番人少年見我哭了，就放下手上的刀，用日本話對我說：「妳別

哭了！我不會傷害妳！」

我一聽他會說日本話，立刻就停止哭泣，驚訝反問：「你會說日本話？」

他有點不服氣的說：「我們部落裡的小孩幾乎都讀過教育所，當然會說日本話。」

我趕忙請求協助，「拜託你帶我去找我爸爸好嗎？他是植松材木店的伐木工人，名叫李更。」

「我不認識你爸爸，而且日本人帶著漢人把我們天打那的香杉都砍光了，伐木地點早已移到錦屏、加拉排。不過，植松材木店的老闆平戶吉藏害怕空襲，一直躲在附近的梅嘎蒗部落（現今的梅花部落），只有今天因為日本遞信部長到竹東巡視，他要回到竹東接待。明天平戶吉藏一定又會回來梅嘎蒗部落，到時候我帶妳去問他，他一定知道妳爸爸在哪裡。」那名少年說。

總督府交通局遞信部負責管理全臺灣郵政和電信，遞信部辦公室就位在祖師廟旁的新起町，沒想到我們「疏開」到竹東，遞信部長也來到竹東巡視，難怪今天竹東街上到處都是日本警察。

「不要……不要……不要把我交給日本人。」我萬分驚恐的說。

「為什麼？你們漢人不是跟日本人很要好嗎？」少年不解。

我正打算把今天早上被日本人追捕的過程說給他聽，無奈肚子餓到頭昏眼花、雙腿發軟，一不小心就跌坐在芒草堆裡。

「妳怎麼啦？」少年問。

「我早上從竹東走到這裡，都沒有吃東西。」我老實的說。

「妳從竹東走到這裡？」他驚訝的說，立刻從身上背的袋子裡拿出乾糧，「我有飯糰和地瓜，妳要不要？」

我二話不說，接過來就狼吞虎嚥。可能是肚子太餓的關係，我從來沒吃過這麼美味的飯糰。

「嘿！吃慢一點啦！飯糰和地瓜都很乾，妳會噎到！」說著，他解下身上背的水壺遞給我。

我喝了幾口水，把飯糰和地瓜吞下肚，才終於恢復力氣。

我把今天早上的遭遇說給他聽，他聽得津津有味，便陪我坐下來，「哇，妳好勇敢，不過，從竹東走到這裡，妳一定累慘了！天色已經變暗，山區將一片漆黑，妳不可能再走到別的地方。妳先休息一下，我帶妳回部落休息，明天我請爸爸幫妳帶話到林場，讓妳爸爸來接妳。」

「你們部落有沒有日本警察啊？」我把在內灣遇到日本警察的事說了一遍。

「根據部落長者說，以前天打那有駐在所——我們番地的警察駐地不叫派出所，而是番務官吏駐在所——但是我們天打那的駐在所，在二十幾年前就裁撤，現在離這裡最近的駐在所位在梅嘎蒗，叫內橫屏山駐在所，大概是管理內灣、橫山和錦屏等地；另一處在嘉興，叫尖石駐在所。兩個駐在所離這裡都有點距離，妳不用怕！」

為了讓我恢復體力，他陪我聊了一陣子，他說他的名字叫魯密・黑勇（Lumit Heyong），「日本人強迫我們一定要進入番人公學校或教育所讀書，所以我們番人小孩會說日本話的比例，比你們漢人小孩還高，下次聽到我們說日本話，請不要那麼吃驚。不過不像你們漢人的公學校要讀六年，我們只要讀四年，所以我早就畢業了，今天是出外採香菇。」

他又說：「其實米國飛機不會來山區轟炸，但是因為日本老師都要加入軍隊，所以教育所跟著停課，現在部落裡的小孩全都在家中幫忙耕作或打獵。有時候我們會爬到山頂，觀看米國飛機轟炸新竹和竹東。有一次，我還看到米國飛機和日本飛機發生空中戰。」

聊著聊著天色漸漸暗下來，魯密・黑勇催促我動身，「走吧！天色很快就要變暗，再不離開的話，等一下就看不到路了。」

我非常害怕走進陌生的番人部落，但是我更害怕在漆黑深夜被留在野外，所以只好跟著他走。

天色果然暗得很快，黑暗一下子就吞沒四周，幸好頭頂高掛著上弦月，我就靠著微弱月光，戰戰兢兢在山中前進；魯密・黑勇似乎很習慣在黑暗中走山路，他快步走在前方，並不時停下來等我跟上。

我隨著魯密・黑勇走進部落時，引起一點騷動，因為從來沒有漢人進入部落。

許多人上前圍住我，有的老婆婆臉頰兩側刺著一些條紋，有的老公公連下巴也刺有紋路，我第一次見到紋面的番人，有點害怕。

魯密・黑勇把我帶到他家，他家是用竹子搭建的平房，有很多窗戶，屋頂上覆蓋著茅草。

魯密・黑勇向他爸爸媽媽解釋了半天，他們才搞清楚我進入山區是為了找爸爸。我恭恭敬敬向他們鞠躬，用日本話尊稱他們為歐吉桑（伯父）、歐巴桑（伯母），深怕他們不肯收留我。

歐巴桑笑著對我點點頭，就去準備晚餐了。

歐吉桑會說一些日本話，他對我說：「我知道植松材木店的伐木工人在哪裡工作，我明天白天會去林場，順便通知妳爸爸，讓他帶妳回家。」

我聽了很高興，「您也是林場的人嗎？」

「不是。」歐吉桑嚴肅的說：「我們泰雅族依照gaga的教訓，是不能砍伐那些巨木，更何況我們不喜歡受到束縛，喜歡自由自在的生活。我們可以種植小米、黍類，加上打獵和採香菇，就有足夠食物可以吃；如果加入林場工作，就必須受到日本人管制，很不自由，何必呢？部落裡有些人會當嚮導，幫日本人和漢人帶路去砍樹，不過我們族人本身是不喜歡砍樹的。」

這時，歐巴桑已經煮好晚餐，就招呼我一起吃；其實我剛吃過飯糰和地瓜，並不會餓，不過看到桌上的菜，我嚇了一跳——除了有類似麻糬的食物，還有許多我說不出名稱的瓜果，甚至還有肉。

自從戰爭爆發以來，我幾乎沒有吃過肉，沒想到番人的食物竟然出現肉。我十分珍惜的吃了一片，鹹鹹的，很香，覺得像豬肉，但又和豬肉不太一樣。

魯密．黑勇得意的說：「是我爸爸獵到的山豬，好吃吧？」

我點點頭，戰爭期間能吃到豬肉，實在太幸福了。

歐吉桑說：「連林場的漢人也常向我買山豬肉加菜呢！我明天正好要

帶山豬肉到林場販賣，順便幫妳帶話！」

「因為平地人已經很久沒吃到肉了吧！」我想爸爸吃到山豬肉應該會很開心。

「哎呀！伐木工人工作量那麼大，不吃點油脂，哪有力氣工作？」歐巴桑搖搖頭。

晚餐後，一家人坐在門口乘涼。山區氣溫低，即使現在是八月，晚上也有幾分涼意，令人心情放鬆，可惜蚊子很多，趕都趕不走。

魯密．黑勇拿出一種竹片製作的樂器，吹奏起來。部落裡的孩童在黑暗中奔跑嬉戲，洋溢歡樂氣息，可是我白天走了太多路，不一會兒，眼睛就睜不開了。

歐巴桑拍拍我的肩說：「累了就先睡，妳今晚跟我睡吧！」

我疲累到意識不清，跟著歐巴桑走到床邊，倒頭就睡。

第二天早上，吃完早餐，魯密．黑勇又帶我到部落附近樹林走走。我們回到他家時，歐吉桑正好要出發去伐木場。

我急忙趕上，「我跟您去。」

「路很遠喔！以你們漢人的腳程，大概要走一個小時以上！」

我笑著說：「您忘了嗎？我昨天走了六、七個小時呢！一個小時算什麼？」

「好，那妳要小心，林場是很危險的。你們漢人有一句話是『礦工是活著就被埋，伐木工是死了還沒有埋』，形容這兩種行業都很危險，所以進入林場，一定要聽我的指示。」

「沒問題。」只要能早點見到爸爸，什麼苦我都不怕。

於是我揮手向魯密．黑勇告別，他是我的救命恩人，如果不是他把我帶回部落，昨天在荒郊野外，我就算沒有餓死，大概也會被野獸吃掉。

歐吉桑背著半隻山豬走在前面，我跟在後面，我們沿著那羅溪走。這一段大多是岩壁，岩壁上不斷有水珠滴落，有了歐吉桑帶路，我心裡比較不害怕，也不必躲躲藏藏，腳步比昨天快多了。

走了約半個小時，溪裡出現一顆形狀很特別的大石頭，歐吉桑指著它問我：「妳覺得這塊石頭像什麼？」

這顆大石頭像一隻趴在水裡的大青蛙，旁邊還有小小的瀑布，「青蛙？」

「沒錯，漢人都稱它為青蛙石。」

經過青蛙石，再沿溪走了一段路之後，歐吉桑說：「要進入林場了，妳要跟好，不要隨便亂跑。」

我點點頭，緊跟在歐吉桑後面。我們跨過那羅溪，開始往山上走，樹愈來愈多，也愈來愈高。有些樹兩側被削去樹皮，打上編號。

我問歐吉桑，為什麼這些樹要編號？

歐吉桑說：「日本人做事比較有制度啦！他們在伐木之前，會先做好界線勘察、貴重樹木調查與坡度測量工作，測量的同時也會選出幾棵樹木做為分界，標上號碼，伐木時就知道哪一區有貴重樹木？哪一區坡度較陡？所以總督府規定界樹不能砍，違者重罰；此外，山溝、水源地和保安林也不能砍。」

「什麼叫保安林？」

「有些森林有重要安全功能，例如：樹根抓牢泥土，才不容易山崩；樹根還會吸收水分，才不會因久不下雨而乾旱；在海邊的樹，則可以擋住海風帶來的鹽分。這些具有重要功能的森林，就叫做保安林，日本人是不會砍伐的。」歐吉桑停頓了一下，笑著說：「不過，我們泰雅族的gaga更進步，我們認為所有的樹都是保安林，都不要砍啦！」

我見歐吉桑聊開了，就進一步問他：「為什麼你說『伐木工是死了還沒有埋』？」

歐吉桑抬頭看看天空，太陽已經到頭頂的位置，他在路旁找了一塊石頭坐下，拿出飯糰給我。

「砍樹很危險，那麼高的樹木倒下來，誰被壓到都非死即傷，所以要具備很高超的技巧。在樹倒之前，在樹木兩側鋸出兩個缺口，然後把鋸子抽出來，所有人員先退到樹木壓不到的地方，再由有經驗的師傅砍擊其中一個缺口，讓樹倒下，整個過程稍有不慎，就會發生重大意外。即使沒被大樹壓到，只要不小心，都可能被斧頭砍傷，甚至是被樹枝刺傷。他們在山區根本沒有足夠藥品可以消毒和包紮，我常看他們受傷了，只能撕下衣服上的一塊布隨意包覆，結果導致傷口發炎，幾天後就變得很嚴重，甚至來不及送到山下就過世了。所以上山伐木，等於宣告死亡，只是還沒埋葬而已。」

這番話聽得我目瞪口呆。我不要爸爸受傷，可是如果不伐木，我們有足夠的錢熬過戰爭期間的苦日子嗎？

歐吉桑覺得休息夠了，就站起身來說：「前面就是伐木區，小心跟著我的腳步。妳爸爸叫什麼名字？」

「李更。」

「好，我跟妳說，他們伐木是從山腳下一起往上砍，不同組的人一定要在同一條水平線一起往上砍，才不會發生這一組砍的樹，壓到另一組人的意外，這是伐木一定要遵守的重要規矩，因為是攸關性命的事。我現在帶著妳往上走，我們要一邊走，一邊喊妳爸爸的名字，這是讓砍樹的人知道有外人進入林場，他們才會暫時停止伐木。」

於是歐吉桑和我一邊走一邊喊，終於看到一整排的伐木工人。他們聽到喊叫聲，都停下工作，往山下看，想弄清楚闖進林場的外人是誰？

其中一個人聽到我們喊的名字，就大叫：「李更！找你的！」

爸爸滿臉驚訝的從一群伐木工人中走出來，「妳怎麼來山上？家裡出了什麼事嗎？」

我一見到爸爸就飛撲上去，抱著他大哭。

一個看起來像是工頭的人對著其他工人大喊：「已經中午了，休息吃飯！」

幾名伐木工人上前接過歐吉桑肩上的山豬，「太好了，又有山豬肉可吃了，和我們一起用餐吧！」

等人群走遠了，我才一五一十向爸爸述說這兩天發生的事。

爸爸驚訝的說：「昨天從竹東推著輕便車上來林場的人說，竹東街上的警察為了追捕一名小女賊，弄得雞飛狗跳，原來那個小女賊就是妳啊！」

「什麼？我又沒有偷東西，為什麼說我是賊？」

如果日本警察把我當成賊，就算爸爸把我帶回竹東，我能脫身嗎？想到這裡，我不禁嚇得渾身發抖。

這時，遠處工寮發生一陣騷動，一名日本人跑出工寮號啕大哭，爸爸和我都轉過頭看他，感到莫名其妙。

那個看起來像工頭的人，興奮的跑進樹林裡，大聲叫著：「阿更，天皇剛剛玉音放送（廣播），日本宣告投降，戰爭結束了！」

爸爸激動的摟緊我說：「太好了，不用怕日本警察了，我也不用砍樹了，我們回艋舺吧！」

第十三章　成擒

往水田部落的道路要走一二〇號縣道，一開始還算寬敞，吳健尉為了及時攔截盜伐的山老鼠，車速很快。

馬柑・卡勞在一旁提醒：「這條路是當初伐木臺車經過的路線，等一下看到水田部落牌樓後右轉，道路會變窄，你別再開得這麼快。」

「所以山老鼠不是在部落裡做案？」吳健尉問。

「當然不是啦！我們泰雅族不砍樹，只有少數人會做這種違反gaga的行為，而且只能偷偷摸摸進行；如果被族人知道，會引起公憤。」馬柑・卡勞說：「更何況珍貴的林木一定在深山裡，不可能在部落裡。」

果然經過幾個轉彎進入部落後，坡度變陡，道路寬度只能容許一輛汽車通過，兩旁是住屋，偶爾有居民在路上行走，必須等他們退到路邊，汽車才能通過。

一位老人駕駛著電動輪椅緩慢行駛在路中央，吳健尉也只能耐心跟在他後方；等到老人駛入旁邊的巷子，他才能恢復正常車速。

駛過部落後，道路再度變寬，但是道路愈來愈彎曲，兩旁的樹也愈來愈高。

馬柑・卡勞指著前方說：「柏油路只鋪到這裡，先把車子停好，前面是狹窄泥土路，車子進不去，我們必須用走的。」

柏油路和泥土路交界處有一塊比較寬的空地，大概是讓車子可以調頭離開的空間，吳健尉心想，不能把車子停在空地，否則別人就無法調頭了。

已經有幾輛車子停在路邊，有的車頭朝內向著泥土路，有的事先調轉好車頭，隨時準備離去。

吳健尉在路邊山溝旁，讓車頭向內停好車，馬柑・卡勞卻驚叫一聲：「你們看到前面那輛藍色小貨車了嗎？那就是呂姓叔姪的車子。」

那輛藍色小貨車的車身上，果然噴著「黎明工程公司」幾個白字。

一聽說山老鼠就在附近，林世佑立刻按住吳健尉的肩膀，「你和馬柑・卡勞先不要下車，嫌犯可能有武器。」

說完，他和卓峻瑋兩人手持警槍，輕輕打開車門下車，一左一右慢慢由後方靠近藍色小貨車。

他們走到貨車旁，透過玻璃向內探視，然後回頭搖搖手，「車子裡沒人。」

不過，他們掀開車子後方的帆布，赫然出現幾塊黃色木材，原來是肖楠。肖楠因為質地細密，不容易被白蟻蛀蝕，適合做為家具材料，所以價格很高。

林世佑對車子裡的吳健尉和馬柑・卡勞說：「逮到了！」

這時，遠方的泥土路出現一輛銀色機車騎往柏油路，後面揚起滾滾黃土。等機車靠近，眾人定睛一看，除了騎士之外，後座載了一個人，機車後方還拖著一個兩輪鐵製貨架，上面放著兩塊肖楠。

林世佑和卓峻瑋立即衝上前攔截，同時大喊：「警察！不許動！」兩名嫌犯驚慌之際，緊急剎車，接著竟把機車丟棄在路旁，回頭就往深山跑，林世佑和卓峻瑋趕快追了上去。

馬柑・卡勞開門下車跑在柏油路上，大喊：「那兩個人就是呂憲盛和呂維弘，別讓他們跑了！」

吳健尉見狀苦笑，他正要下車提醒馬柑・卡勞，他們的任務是守住這輛貨車，追逐呂姓叔姪的事交給林世佑和卓峻瑋就可以了，怎知就在他要推開車門時，由後視鏡看到車子後面有個方臉男子，頭髮稀疏，面帶怒容，身著白色唐裝，持著手槍，逐步走向馬柑・卡勞！

吳健尉心中一驚，急中生智，身形一縮，躲在駕駛座下方空隙，伸手從座椅上取下背包——雖然身為警察，接受過射擊訓練，但是因為他的專長是鑑識，所以從未在靶場以外的地方使用過槍械。剛才林世佑不希望他和馬柑・卡勞下車，就是考量他們一個不善於用槍，另一個沒有槍，萬一和歹徒發生槍戰，容易有生命危險。

可是，林世佑和卓峻瑋追逐嫌犯進入深山，這裡卻出現另一名持槍歹徒，馬柑・卡勞和他自己的性命，必須靠他保護！

吳健尉屏住氣息，迅速在背包摸索警槍。

持槍的方臉男子並未發現經過的汽車駕駛座下方躲著一個人，他繼續向前走，並對馬柑・卡勞說：「看妳這身制服，應該是巡山員吧？妳知不知道我是誰？竟敢來破壞我的買賣！」

馬柑・卡勞本來往泥土路前進，聽到有人說話才回頭，卻看到對方持槍瞄準她！

方臉男子的食指慢慢扣下扳機……馬柑・卡勞不禁嚇得尖叫！

說時遲，那時快，吳健尉推開車門，翻滾落地，同時向歹徒開槍射擊！

方臉男子在扣發扳機的瞬間，左腳中彈，他痛得慘叫一聲，跪倒在地，以致他擊發的子彈射偏了，只打中馬柑・卡勞腳邊的路面。

「老大，你要不要緊？」

吳健尉回頭一看，竟然還有另一名體格壯碩、穿著西裝的光頭男子，持著手槍，從後面追趕過來，而且手中的槍已經瞄準自己！

吳健尉急忙在地上翻滾，光頭男子的子彈接二連三打在地面。吳健尉連翻帶滾，先躲進車底，再翻身進入路邊山溝。

在山溝裡站穩之後，他往側面看去，發現馬柑・卡勞也跳進山溝。有了山溝做為掩護，吳健尉也開槍向歹徒還擊。

雙方互開幾槍之後，吳健尉發現警槍裡的子彈已經擊發完畢，接下來豈不是只能坐以待斃？

幸好這時又有一聲槍響，從泥土路那頭傳來，吳健尉精神一振，猜測是林世佑和卓峻瑋回來了，他和馬柑・卡勞有救了！

「老大，快走！」光頭男子說完，扶著方臉男子一跛一跛走回路邊一輛車頭朝外的黑色轎車上，接著疾駛而去。

吳健尉因為沒有子彈，不敢追上去，想要記住黑色轎車的車牌號碼，卻發現那輛車根本沒有懸掛車牌。

他驚魂未定的轉頭問馬柑・卡勞：「妳沒事吧？」

「沒事，謝謝你救了我。」馬柑・卡勞喘了口氣道。

吳健尉笑著說：「應該的……嗯，我想，妳的阿公以前曾經救過我的阿嬤。」

「啥？你說什麼？」馬柑・卡勞驚訝的問。

吳健尉說：「有空再慢慢解釋給妳聽。」

兩人爬出山溝時，林世佑氣喘吁吁的從泥土路跑過來，「你們兩個還好嗎？怎麼會有槍聲？」

吳健尉回答：「剛才停在路邊的一輛車子跑出兩個人攻擊我們，幸好你趕回來，才把他們嚇跑。」

馬柑・卡勞問：「怎麼只有你一個人？有抓到呂姓叔姪嗎？」

林世佑指著泥土路說：「你們瞧！」

只見卓峻瑋左右手各抓著一個人，從泥土路走過來。那兩人都被戴上手銬，正是呂憲盛和呂維弘，他們不但不知悔改，還惡狠狠瞪著馬柑・卡勞。

「我們追上這兩名嫌犯後，立刻把他們制伏上銬，這時忽然聽到槍聲大響，猜想你們可能有麻煩，或許是負責把風的歹徒攻擊你們。我一邊跑一邊對空鳴槍，希望能嚇阻攻擊你們的歹徒……」林世佑一邊喘氣，一邊說明。

「謝謝！對空鳴槍真的有效，把歹徒嚇跑了！不過，我射中其中一名被稱為老大的歹徒，我等一下要採集地上的血跡，檢驗他的DNA。」吳健尉說。

林世佑則拿出手機，向小隊長報告事發經過。

約十五分鐘過後，警笛聲由遠而近，小隊長江景智率領兩輛警車趕到支援。

吳健尉迎上前問：「小隊長，你們在路上有見到一輛黑色轎車從這裡開出去嗎？」

江景智搖搖頭，「我接到世佑的電話後，就注意沿途路上車輛，但是沒發現世佑說的那輛車。」

因為林世佑已經大致報告過槍戰經過，所以江景智查看現場情況之後，就對吳健尉說：「健尉，這件案子你暫時不要插手，採集血跡也交給峻瑋負責。警員使用槍械後要接受調查，你和世佑的警槍也暫時交由我保管。」

吳健尉只能無奈的把警槍交給小隊長，然後看著卓峻瑋採集地上血跡和彈殼。

林世佑雖然也有開槍，但他只是對空鳴槍，所以江景智除了收走他的警槍之外，並未要求他迴避調查，只交代他撰寫使用槍械報告。

吳健尉看著別人忙碌，自己卻幫不上忙，心中很不是滋味，就向江景智報告：「我親眼看到兩名開槍歹徒的面貌，或許可以幫得上忙。」

馬柑・卡勞也自告奮勇，「我也有看清楚他們的面貌。」

「很好，等一下回警局就調出人口戶籍資料和舊口卡，讓你們指認。」江景智轉頭對吳健尉說：「你不要以為自己沒事做，只有槍擊案要求你迴避，其他案子的證據分析仍舊是你的責任。我剛才在黎明工程公司查獲一批還沒銷贓的樹瘤，你盡快鑑識確認是不是在玉峰村被盜採的樹瘤？另外，呂姓叔姪車上的鏈鋸和腳上的雨鞋，也都要和樹瘤案、香杉芝案的證據鑑識比對，確認是否符合？」

吳健尉很高興自己有事情做，卓峻瑋則在撿拾完彈頭和彈殼後回報，所有警槍擊發的彈頭已經全數找到。

江景智一方面鬆了一口氣，一方面又有點失望，「這表示健尉的子彈並未卡在歹徒的腳部，可能只有擦傷，傷勢不會太嚴重，在法律上，健尉的責任不大。不過，歹徒不一定要就醫，這代表我們也失去了一次逮捕他的機會。」

接著，馬柑・卡勞搭乘警車，和大家一起回到警局進行指認。

吳健尉先調出黎明工程公司名義負責人袁澤翔的照片，馬柑・卡勞一看就驚呼：「這是第二個跑出來對我們開槍的歹徒！」

吳健尉點頭認同，「沒錯，那麼袁澤翔口中的老大是誰……？我們把施黎丘的資料調出來看看吧！」

雖然七年前施黎丘潛逃時有上報，但是當時吳健尉還是高中生，正忙於課業，對於報紙上的照片只是匆匆一瞥，實在沒有印象。

資料上是個方臉中年人，頭髮抹上油膩髮油，戴著黑框眼鏡，身穿西裝，和剛才那名頭髮稀疏、身形瘦削、表情凶惡的歹徒實在很難聯想在一起，可是如果比對兩人的五官，又覺得十分神似。

吳健尉轉頭詢問馬柑・卡勞的意見，她有相同看法，「只看五官確實是同一個人，可是給人的感覺差好多。這張照片是他七年前還在當議員時拍的吧？七年的逃亡生涯，讓他變了一個模樣。」

吳健尉說：「如果第一個歹徒是施黎丘的話，那表示他又從國外逃回臺灣了。我要向小隊長報告，同時請鑑識人員把今天採集到的血跡和警方資料庫檔案中的施黎丘DNA進行比對。」

「你怎麼知道你們的資料庫中有他的DNA分析報告？」馬柑・卡勞問。

吳健尉指著電腦裡的資料，「雖然施黎丘是可惡的黑幫老大，可是他的身世頗令人同情。他出生在不健全的家庭中，母親有精神疾病，父親酗酒，所以他從五歲起就被帶離原生家庭，由社會局安排在寄養家庭，直到他十四歲時，才由親生父親領回撫養。因為父親仍然酗酒，無力教育他，導致他行為偏差，最後加入黑道。」

馬柑・卡勞聽了也只能搖頭嘆息，如果自己出生在這種家庭，她不確定自己是不是還能這麼正向。

吳健尉指著檔案繼續說：「施黎丘是黑幫出身，涉及多起暴力事件，警方多年前在調查他涉及的一件殺人案時，就對他採證建檔。因此，只要把剛才取得的血液樣本與施黎丘檔案中的樣本互相比對，就能知道我們的懷疑是否正確。」

吳健尉向江景智報告他們指認的結果後，江景智就派車準備送馬柑・卡勞回部落。

馬柑・卡勞在上車前問吳健尉：「你剛才在山溝裡說誰救過誰，那是怎麼一回事？」

吳健尉笑著問：「妳的阿公是不是叫魯密・黑勇？」

馬柑・卡勞驚訝的說：「是啊！你怎麼知道？」

「你們泰雅族取名會保留父親的名字，也就是在父親的名字前面加上自己的名字，對吧？妳叫馬柑・卡勞，令尊叫卡勞・魯密，那麼你的阿公一定叫魯密・某某。」

「沒錯！」馬柑・卡勞點點頭。

吳健尉從辦公室抽屜裡拿出一疊用長尾夾夾住的紙張，「我的阿嬤大約在一個星期前過世，留下這本筆記，記載了她的童年生活。這幾天我讀到最後幾頁，正好描述到她為了躲避日本警察追捕，由竹東走到尖石，被一名叫作魯密・黑勇的泰雅族少年救回部落。」

馬柑・卡勞恍然大悟，「我的阿公就是魯密・黑勇。他去世好多年了，不過我從小就聽阿公說過這件事。他說曾經有個英勇的漢人女孩，為了躲避日本警察追捕，從竹東跑到林場找她的爸爸。日本人因為抓不到她，還誣賴她是賊。」

「我阿嬤沒那麼英勇啦！她被日本警察追捕完全是一場陰錯陽差的誤會，幸好妳阿公救了她，否則就不會有我爸爸和我了。」吳健尉笑道。

送走馬柑・卡勞之後，吳健尉回到實驗室開始分析證物，很快就確認呂姓叔姪車上的鏈鋸和腳上的雨鞋，都與樹瘤案及香杉芝案現場證據相符，加上人贓俱獲，他們兩人勢必得坐牢了。

此外，這次由黎明工程公司取回的樹瘤也要進行DNA比對，希望能和樹瘤案那棵神木相符。

三天後，經過漫長的實驗過程，終於有了結果：**符合**。

吳健尉趕緊向小隊長報告結果，江景智興奮的說：「太好了，我要趕緊呈報給上級！這棵巨木是當地部落人們心目中的神木，竟然有其他部落的人盜採，引發當地人不滿，想要報復偷偷盜伐的部落。這件事若不妥善處理，會造成兩個部落之間的紛爭，因此長官有意在尋獲樹瘤之後，舉行完璧歸趙的返還儀式，也就是把被偷走的樹瘤接回去。」

「可是，被鋸開的切口不會復原啊？」吳健尉無法理解這種做法有什麼意義。

江景智說：「我知道，這只是象徵所有破壞森林的行為都不被容許，我們一定會逮捕嚴懲，讓森林恢復原狀。你快把樹瘤傷口腐爛發霉的部分處理一下，以免切口感染而影響巨木。」

「是。」吳健尉接受命令後，轉身離開。

「等一下。」江景智叫住他，「槍擊案血跡的分析報告出來了，和施黎丘的DNA不符合。」

「什麼？可是歹徒的五官明明就很像他啊！」吳健尉感到困惑。

「但DNA比對不會錯，不是嗎？」小隊長反問他。

是啊，DNA比對不會錯，否則他這個鑑識人員豈不是否定自己的工作？吳健尉只能承認自己看走眼。

他努力清除樹瘤上腐爛發霉的部分，接下來還得到尖石鄉玉峰村，把巨木的切口也清理一下。

正當他準備出發時，馬柑・卡勞打電話詢問槍擊現場血跡比對結果，她顯然無法原諒企圖開槍射擊她的歹徒，非把他繩之以法不可。

吳健尉告訴她比對結果顯示，開槍歹徒並不是施黎丘之後，她也感到難以置信，「真的嗎？可是明明五官就很像啊！」

吳健尉只好告訴她，DNA比對不會錯。

馬柑・卡勞只能接受，並且告訴吳健尉，她的上級長官要舉辦「護森專案完璧歸趙返還儀式」，這讓她非常興奮，「太好了，我們部落出了兩個壞人去盜伐其他部落的神木，實在太丟臉了，這種事如果發生在古代，可能會引起部落間的戰爭，所以我們一定要進行彌補。我會邀請部落長老出席返還儀式，也想和你一起修復神木的切口，算是彌補呂姓叔姪的罪行。這樣好了，你今天中午先來部落，我請你吃午餐，飯後我再和你一起到山上工作。」

吳健尉取得小隊長同意後，就往尖石鄉出發。他先到馬柑・卡勞的家裡吃午餐，聊聊七十幾年前阿嬤到部落住過一晚的故事，連卡勞・魯密也聽得津津有味，不過他補充說明：「大約在一九五〇年，我們部落發生一場大火，把原有房舍都燒毀了，部落才遷村到現在的位置。當年你阿嬤拜訪的部落地點，不是現在這裡。」

吳健尉有點失望，他本來想仔細看看這個部落，想像阿嬤當年踏入這裡的情形，但是現在落空了。

馬柑・卡勞準備了炒米粉和一鍋湯，請吳健尉一起享用，「你們漢人喜歡吃新竹米粉，所以今天中午就吃炒米粉，還有馬告刺蔥雞湯，這是我們泰雅族的傳統美食。刺蔥在泰雅語裡稱為『打那』，我們的部落名稱是『天打那』，就有分享刺蔥的意思。」

米粉炒得很香，但是也很乾，搭配雞湯享用，真是絕配。馬告是泰雅族人愛用的辛香料，所以那鍋湯又香又甜。

這一餐吳健尉吃得大呼過癮，他笑著說：「謝謝你們分享的刺蔥，沒想到原住民這麼會炒米粉，有什麼祕方嗎？」

卡勞・魯密從廚房裡拿出一包米粉，「哪有什麼祕方？就是最普通的品牌啊！我到新竹市時順便買的。」

米粉包裝上畫著一位袒胸露肚的神仙，右手拿著稻穗，原來是神農。

祂頭上的兩團隆起其實是牛角的變形，因為傳說中神農是人身牛首。有些寺廟裡，神農塑像頭上就長出尖尖的牛角，可能因為牛與農耕總是分不開，所以神農才被畫成人身牛首。

現實世界中可不會出現人身牛首的怪物，如果真的出現，豈不是代表這種生物既有人的基因，又有牛的基因？這在科學上叫做嵌合體……等一下，嵌合體？

吳健尉突然靈光一閃，想起他在研究所上法學課程時，教授曾說過，大家都以為每個人只有一組基因，然而事實上，這個世界也有嵌合體的人存在，換句話說，他們身上有兩組不同的DNA。

嵌合體有很多類型，如果嵌合體形成雌雄同體，就比較容易察覺；但是其他類型的嵌合體，除非取來不同身體部位的細胞進行DNA分析，否則外觀與一般人無異，不容易察覺。

造成嵌合體的原因有很多種，其中一種是兩個受精卵融合成一個，換句話說，本來是異卵雙胞胎，卻融合成一個受精卵，一起出生，一起長大，所以這個人身上有兩個人的基因。

另外有一些屬於微型嵌合體，是由輸血或器官移植造成，因為移入另一個人的微量DNA所致。這種嵌合體案例愈來愈多，不過因為只有微量相異的DNA，所以對刑事鑑識不會造成太大的困擾，令刑事鑑識最困擾的，還是上述異卵雙胞胎形成的嵌合體。

當時教授講述了一個實際案例，令吳健尉震驚不已。二〇〇二年時，美國婦女費爾雀為了申請社會救濟，向醫院申請DNA報告，以證明她和小孩的親屬關係，結果發現小孩和她沒有血緣關係。她認為是醫院弄錯了，因此向醫院申請第二次DNA報告，結果和上一份相同，她因此被指控誘拐別人小孩和詐騙社會福利，孩子也被社工人員帶走。

當費爾雀要生第三個小孩時，法官特別要求見證人全程錄影，並且把她與新生兒的血液樣本立刻送往化驗。兩個星期後，報告出爐，仍然顯示她不是那個新生兒的母親。即使有證人見證這個嬰兒確實是她生的，法院仍然不認為新生兒是費爾雀的子女，反而懷疑她是代理孕母，因為DNA檢驗不會錯。

後來費爾雀的律師懷疑她是嵌合體，要求進行更詳細的檢驗，結果發現費爾雀子女的DNA雖然與母親不符，但卻與外婆相符。針對費爾雀全身各處採樣化驗也發現，她的皮膚、毛髮和唾液之DNA均與子女不符，但是子宮頸抹片取得的DNA與子女相符——她果然是嵌合體。

這讓吳健尉不得不重新思考，如果朝馬柑・卡勞開槍的歹徒就是施黎丘，但是DNA分析結果卻不相符，那麼他有沒有可能也是嵌合體？因為採集嫌犯DNA樣本時，通常是以棉花棒在嫌犯口腔中抹一下，若施黎丘真的是嵌合體的話，由他口腔中取得的樣本，和這次槍擊案的血液樣本，得到的DNA就可能不同。

他把這個想法告訴馬柑・卡勞，雖然她很難接受嵌合體的說法，但她認為這似乎是唯一的可能性，「我覺得資料上的照片和朝我開槍的是同一個人，雖然時間會讓人變得蒼老，但是五官卻不會改變。」

因為嫌犯受傷，警方當然會清查醫院有沒有患者腳部受傷就診的紀錄，但是這幾天都沒有類似病例，可見施黎丘並未到一般醫院就診。

「如果被我用槍打中的人是施黎丘的話，那麼他到底逃到哪裡去了呢？嗯，我應該重新檢視一遍施黎丘的檔案。」於是吳健尉用手機上網，登入警方資料庫，再次查看施黎丘的資料。

施黎丘的生父已經死亡，但留下一棟位於横山鄉的屋子由施黎丘繼承──嗯，横山鄉的山區是個適合躲藏的地點，而且幾天前，施黎丘搭著黑色轎車離去後，為何小隊長沿路都沒有看到那輛車呢？

如果那輛車只從尖石鄉開到橫山鄉，根本沒有離開山區，當然就不一定會和小隊長的座車交會。何況大家都認為施黎丘已經潛逃到國外，沒有人料到他竟然又偷渡回國內，甚至直接指揮犯罪集團，更不會想到要徹查施黎丘可能的藏匿地點。

光憑猜測不行，必須找出證據，但吳健尉已經有任務在身，那就是幫神木修復傷口，因此他決定打電話向小隊長報告。

江景智聽完吳健尉的想法後，雖然覺得一個人有兩種基因的說法難以置信，但是仍然值得一試，「好，我會率領整支小隊到橫山鄉圍捕施黎丘。」

吳健尉不忘提醒小隊長，「如果逮到人，記得口腔、頭髮和唾液統統要取樣，進行詳細比對。」

江景智笑著說：「如果逮到人，就等你回來再採樣，你要採幾個樣本隨便你。」

第十四章　戰爭終了

當天下午，爸爸就帶著我搭乘載運木材的臺車回到竹東。沒想到昨天我辛辛苦苦、躲躲藏藏走了六、七個鐘頭才完成的漫長路程，現在卻可以光明正大坐在臺車上一路呼嘯衝下山，而且很快就抵達竹東。

爸爸連辭職都不需要，因為日本人已經宣布投降，將來林場能否經營下去還是個問題。林場工人怕再做下去也領不到薪水，大家都收拾行李下山，所以本來載運木材的臺車，現在運送的全是下山的工人。有些工人仍然打算繼續伐木，不過也要等到確定誰是新的老闆之後，才會再回到山上工作。

爸爸則一心想回艋舺，恢復本來的生活。

當爸爸牽著我的手回到瑞妹阿姨家時，媽媽早已哭得兩眼紅腫。這兩天我沒有回家，又有日本警察上門盤查，說我是賊，讓她擔心死了。現在看到我回家，還把爸爸帶回來，她不禁喜極而泣。Akiko和Mu-ne看到爸爸和我，也衝過來抱著我們。

爸爸告訴媽媽他的決定，「戰爭結束了，我們回艋舺去吧！」

媽媽當然很高興，但是瑞妹阿姨有點失落，半天不說話。

後來我才知道，當天晚上，瑞妹阿姨私底下找爸爸媽媽商量，希望他們能把其中一個女兒送給她當童養媳。

以現代人的角度來看，把親生女兒送人是不可思議的事，但是當時的臺灣人，生了女兒送人是很普遍的事，我就是一個例子。

女兒送人有兩種形式，一種是當養女，也就是讓對方當女兒，我就是這種情形；另一種形式是養父母有兒子，領養別人的女兒就叫新婦仔（童養媳），也就是將來準備當新婦（媳婦）。瑞妹阿姨希望領養我或Akiko其中一人當新婦仔，將來長大和春水結婚，成為她的媳婦。

爸爸後來告訴我，因為瑞妹阿姨在「疏開」時收留我們，對我們有恩情，所以沒有理由拒絕她，但是到底要把哪一個女兒送給她，爸媽討論了很久，很難抉擇。

後來媽媽說：「罔市已經被親生父親送走一次，我們不能再把她送人。再說，她的年紀比較大，比較難適應新的家庭。」

就這樣，決定了我和Akiko日後的命運。

我們要離開竹東那天，爸媽打包好行李，媽媽用力抱緊Akiko，Akiko不明所以，也緊緊抱住媽媽。

媽媽向瑞妹阿姨點點頭，瑞妹阿姨對Akiko說：「我要出去玩，妳要不要跟我去？」

Akiko高興的說好，就蹦蹦跳跳跟著瑞妹阿姨走了。因為這幾個月來，她和瑞妹阿姨很親近，經常跟進跟出，所以不疑有他，高高興興跟著瑞妹阿姨出門。

Mu-ne隨即跟上去，嘴裡嚷著：「我也要去！」

爸爸趕緊抱住他。

Mu-ne奮力掙扎著要跟瑞妹阿姨出去玩，爸爸只好悄悄在他耳邊說：「爸爸帶你去更好玩的地方。」

Mu-ne才停止掙扎。

媽媽看著Akiko走遠，淚流滿面，卻不敢出聲。

等到瑞妹阿姨和Akiko走遠了，爸爸就催促媽媽和我提著行李，到客運站搭車回艋舺。

我們過了兩、三年才回竹東探望Akiko，她還認得我們，只是埋怨我們當年拋下她。不過，她已經認定瑞妹阿姨的家才是她的家（就像我認定祖師廟才是我的家一樣）。

Akiko真的在瑞妹阿姨家長大，後來也與春水結婚生子。瑞妹阿姨的先生戰後一直沒有返回竹東，據說在南洋戰死了。瑞妹阿姨和春水都過世之後，Akiko繼承了那片菜園，後來賣給建商蓋房子。

Akiko晚年的經濟狀況不錯，幸好如此，否則我的良心會更加不安。畢竟是我偷走了她的人生，當年該被留在竹東的人，應該是我這個養女。

因為戰後生活困苦，社會動蕩，加上當時尖石鄉沒有客運車行駛，交通相當不便，所以我一直沒有回到部落向魯密·黑勇致謝。很多年後，我聽說部落遷村，更不可能再去找他們了。

爸爸回到艋舺後，發現玻璃工廠也換老闆了，他沒有回到玻璃廠工作，而是改為回收玻璃瓶。收回來的玻璃瓶洗乾淨之後，可以賣給藥廠或飲料工廠再重新裝填，因此我們家門口經常有撿拾玻璃瓶來賣的人，爸爸媽媽就蹲在門口清洗瓶子。

Mu-ne漸漸長大，必須踩著三輪貨車把洗好的瓶子送去工廠。他聰明又用功，後來考上建國中學，但因家裡窮，只能就讀有公費可領的師範大學。不過，他只當了兩、三年老師，就到美商公司當工程師，後來被提拔當廠長。當初被他罵「馬鹿野郎」的督鼻仔（洋人）變成他的老闆。

戰後，壽尋常小學校改名「西門國民學校」。剛回艋舺時，我終於如願以償進入這所學校，可是就讀不到幾個月，爸爸就告訴我，回收玻璃瓶的生意還不穩定，家裡經濟有困難，要我放棄學業，幫忙家裡賺錢。

我對於爸爸媽媽沒有把我送人，已經非常感激，而且他們讓我讀了幾年書，已經盡力，不能再奢求，所以我就休學到工廠工作，工廠下班後，回家還要幫忙洗瓶子。

可是我這一生就是想讀書，更何況戰爭結束後，日本話不再是國語，因為來了另一批人，規定北京話才是國語，連超明仙仔這種漢文仙仔，也不會說這種話，因為他們一向用福佬話念漢文。原來的國語（日本話）家庭，現在又得辛苦學習新的國語（北京話）；有些人因為自認是日本人，乾脆跟著日本人回日本了。

為了避免再度變成文盲，我只好利用下班時間去補習中文，最後才算勉強達到識字，以及能用國語（北京話）溝通的地步。

回首我的童年時代，父母可以改變，姓氏可以改變，國語可以改變，國家可以改變，敵人也可以改變。如今我已經老了，頭腦糊塗了，更是搞不懂國家是什麼？民族是什麼？人世間的許多事都令我困惑！

第十五章　送別

深山密林裡，今天竟然冠蓋雲集。

新竹地檢署檢察長、新竹縣政府警察局長、林務局新竹林區管理處處長、內政部警政署保安警察第七總隊第五大隊大隊長統統出席了「護森專案完璧歸趙返還儀式」。

尖石鄉玉峰村附近各部落的長老也都出席了這場盛會，卡勞・魯密則代表天打那部落出席。

小隊長江景智率領手下組員在神木右側列隊，馬柑・卡勞和其他巡山員則在神木左側列隊。

檢察長首先致詞，說明整起盜伐案件偵辦經過，並且宣布主謀及共犯全數遭到逮捕，全案偵破。

那一天，江景智接到吳健尉的電話後，馬上率領整支小隊到施黎丘父親在橫山鄉留下的小木屋查看，果然發現屋裡藏匿了兩個人。他們立刻把小木屋團團圍住，並且向屋裡喊話；因為警方人數占了絕對優勢，屋裡的人決定放棄抵抗，舉起雙手，走出屋外。

其中一人是黎明工程公司的名義負責人袁澤翔，另一人正如吳健尉描述，是個頭髮稀疏的方臉男子，五官和施黎丘的檔案照有點像，但又不能百分之百確定。

江景智問方臉男子：「你是施黎丘？」

方臉男子搖搖頭，「怎麼可能？大家都知道，施黎丘早就出國了。」

「那麼你是誰？」江景智追問。

方臉男子遲疑了一下才說：「張從彥，我的口袋裡有身分證。」

江景智由張從彥上衣口袋裡抽出身分證比對——身分證上貼的，果然是這名方臉男子的照片。

江景智依舊下令將兩人上銬，押上警車。

吳健尉在山上完成神木傷口修復工作，開車駛回大隊部時，江景智對他說：「督察組已經完成槍擊案調查工作，你開槍時機正確，所以結案了。」

吳健尉開心的笑了，雖然他知道在當時情況下，自己非開槍不可，無論是否得接受處分，他都別無選擇。不過，知道沒有責任之後，他還是鬆了一口氣。

江景智繼續說：「既然結案了，你就不必迴避，立刻進行張從彥的DNA分析。」

吳健尉本來就急著想知道嵌合體推測是否正確，因此馬上找張從彥採樣。他由張從彥的口腔、頭髮和唾液各取一份樣本，進行DNA比對。結果其中一份樣本的分析結果，與檔案中留存的施黎丘DNA相同，另外兩份則與槍擊現場的血液樣本一致。

至此，不但揭穿張從彥的真實身分就是施黎丘，也證實他是嵌合體——張從彥的身分證顯然是偽造的。

他們不但破獲盜伐案，就連過去施黎丘積壓多年的舊案也一併偵破了，而且協助他偷渡出入境，以及幫他偽造身分證的犯罪分子也統統被追查逮捕。

一下子破了這麼多案子，難怪檢察長眉飛色舞，口若懸河說了好久。

接著由玉峰村長老說話，除了感謝警方將破壞神木的歹徒繩之以法，他也提醒大家要尊重神木，「我們祖先還在山林裡跑的時候，這些樹就在那兒了；我們的祖先不在了，現在輪到我們在山林裡跑，這些樹還站在那兒。將來，我們都不在了，輪到兒孫在山林裡跑，希望這些樹還能站在那兒。」

簡單的幾句話，道盡了人的一生在漫漫時間卷軸中是何等短暫，有什麼權力破壞本應長久存在的巨木？

最後返還儀式開始，由森林警察將追回的樹瘤交給巡山員，巡山員再把樹瘤黏回巨木的傷口，現場響起一片掌聲。

儀式結束，眾人紛紛離去，馬柑．卡勞上前問江景智：「怎麼沒見到吳健尉？這個案子能破獲，他的功勞應該最大吧？」

「沒錯！」江景智點點頭，「可惜不巧的是，他的阿嬤正好今天出殯，他是長孫，非出席不可，所以請了喪假。」

「他的阿嬤？」

× × ×

靈堂裡的人不多，因為吳家人不喜歡講究排場，只有至親好友出席這場葬禮，不過氣氛莊嚴肅穆。

吳健尉的父親正在介紹他母親的生平，說到她從小給人當養女的經歷，也提到她晚年失智的痛苦。

吳健尉接著上臺講述阿嬤多麼疼他，在座的每個人都紅了眼眶，現場啜泣聲不斷。

最後，司儀詢問有沒有來賓要向吳母老夫人告別？

這是吳健尉爸爸的決定，他不要司儀念虛假無情感的制式祭文，而是把時間留給親友。

於是兩、三位親友陸續走上前，接過司儀手中的麥克風，對著靈堂裡的來賓說話。大家都懷念這位溫和、親切又勤奮的老婦人。

所有人致詞完畢，時辰已到，司儀繼續進行儀式。

最親近的家人繞行棺木一周，同時獻上香花，吳健尉看了阿嬤最後一眼。

接下來，所有來賓均面向靈堂外面，葬儀社人員移動棺木，靈車駛至靈堂門口，準備前往火葬場了。

吳健尉雙手合十，緊跟在靈車後緩緩而行，這時他見到一名綁馬尾、穿著大地色制服的女子匆匆趕來，停步在靈車旁，對著棺木雙手合十默禱。

吳健尉默默對她頷首。

馬柑・卡勞對著經過的棺木，在心中默默說道：「阿嬤，一路好走！」

國家圖書館出版品預行編目資料

林中賊/陳偉民文；Hui圖． -- 初版． --臺北市：幼獅文化事業股份有限公司， 2021.09
面； 公分. --（故事館；84）

ISBN 978-986-449-240-4(平裝)

863.57 110010789

・故事館084・

林中賊

作　者＝陳偉民
繪　圖＝Hui
出 版 者＝幼獅文化事業股份有限公司
發 行 人＝李鍾桂
總 經 理＝王華金
總 編 輯＝林碧琪
主　編＝沈怡汝
編　輯＝林禹彣
美術編輯＝游巧鈴
總 公 司＝10045臺北市重慶南路1段66-1號3樓
電　話＝(02)2311-2832
傳　真＝(02)2311-5368
郵政劃撥＝00033368

印　刷＝崇寶彩藝印刷股份有限公司
定　價＝320元
港　幣＝107元
初　版＝2021.09
二　刷＝2022.01
書　號＝984258

幼獅樂讀網
http://www.youth.com.tw
幼獅購物網
http://shopping.youth.com.tw
e-mail：customer@youth.com.tw

行政院新聞局核准登記證局版臺業字第0143號